ADALBERTO ORTIZ ÁVALOS

las luciérnagas

IMPULSO EDITORIAL

SÉLECTOR

Las luciérnagas
© Adalberto Ortiz Ávalos

© Genoveva Saavedra / acidita, diseño de portada
iStockphoto / Tetiana Lazunova (siluetas),
CSA-Printstock (barco), danilbiz (destellos)
y art4stock (hojas), imagen de portada

IMPULSO EDITORIAL
SÉLECTOR

D.R. © Selector, S.A. de C.V., 2021
Doctor Erazo 120, Col. Doctores,
C.P. 06720, Ciudad de México

ISBN: 978-607-453-721-5

Primera edición: enero de 2021

Impreso en México
Printed in Mexico

A Dios, por no dejar nunca de verlo.
A Agnes, por verte una vez más.

PRIMERA PARTE

CAPÍTULO 1

I

Dicen que en una guerra civil un hermano asesina al hermano y el amigo enfrenta al amigo, pero eso puede ocurrir en cualquier momento, todos corremos el mismo riesgo de condenar a los que más amamos. Manuel Zavala, que entonces tenía 7 años, estaba lejos de conocer ese infierno. Sólo estaba seguro de que su vida no correría dentro de una oficina, aunque su padre estuviera convencido de recomendarlo con éxito en la estatal de telégrafos.

Lo que le gustaba a Manuel eran las aventuras, para las cuales ya contaba con sus dos amigos de siempre: Alejandro e Inés, con quienes salía a caminar y a jugar a las escondidas, hasta que el sol se ponía en el lote baldío que estaba al final de la calle.

Regresaban cubiertos de tierra y con el mismo resultado: él era experto en ganar ese juego. Su lugar favorito para esconderse, porque le garantizaba la victoria, era tras una serie de paredes inconclusas que sobresalían de los matorrales, a un lado del solar. Sabía quedarse quieto en un rincón y dejar pasar el rato.

En ocasiones observaba, por entre los jaramagos, el brillo de unas pequeñas chispas que se encendían y apagaban de repente. Ya desde entonces las luciérnagas se hacían presentes en su vida.

1923. Neruda escribía *Veinte poemas de amor y una canción desesperada*. Picasso aún no había pintado, aunque pensaba en ello, *Dos mujeres corriendo por la playa*. Álvaro Obregón planeaba ser presidente de México por segunda vez.

II

El silencio reinaba en la escuela. El director, en su despacho, de espaldas a su escritorio, se deleitaba imaginando el mar con la mirada perdida a través de la ventana, cuando el leve rechinar de la puerta lo sacó de su ensimismamiento. Era Emiliano Morales, con su saco verde acartonado y su pantalón café, a quien, mientras se sentaba, comentó:

—Amigo, ya te he dicho que vestido así pareces un arbolito.

—Mi general, malas noticias.

El director sintió un pinchazo en el pecho. Hacía mucho que nadie se dirigía a él por su rango y menos su mejor amigo y excompañero de armas, que le estaba extendiendo en ese momento un papel. Se acomodó los anteojos, lo tomó con las dos manos y leyó: "ASESINADO CENTAURO STOP HOY EN LA HACIENDA EXTREMAR PRECAUCIONES STOP". Dejó caer la hoja sobre la mesa.

—No, no empezaremos otra guerra, Emiliano, no ahora que todo está tranquilo —dijo tras aclararse la garganta.

—La guerra nunca terminó, mi general. Mire a su alrededor: las guerrillas siguen, la gente continúa soportando lo mismito y ahora a los que nos retiramos nos están matando como a becerros.

—¡Basta! Eso lo discutiremos más tarde. Estas horas son cruciales, ya sabes cómo son ellos: tratan de bajar a todos el mismo día y así evitar represalias. En estos instantes corremos el mayor peligro y, peor aún, con nuestra sola presencia ponemos en riesgo a todos los que estamos aquí.

—¿Y qué hacemos, mi general? Ya entregamos las armas. No podemos salir corriendo o puede malinterpretarse. Son capaces de entrar a buscarnos y lastimar a alguien.

—Mira, amigo, hoy el cielo está hermoso. Suspenderemos las clases de inmediato. Busquemos a los padres. Mientras, que todos se reúnan en el patio. Tú y yo nos fumaremos un cigarro en la entrada. Hoy es un día bello, carajo. Si es nuestro momento, pues ahí nos encontrarán y nos ahorraremos todo el alboroto. Si hoy no nos matan significa que alguien nos ha perdonado la vida o, y es la más probable, que ya estamos muy viejos como para que alguien se tome la molestia de sentirnos como una amenaza.

Minutos después se escuchó por el altavoz: "Se suspenden las clases porque el día está muy lindo. Cambio y fuera". En uno de los salones, la maestra se quedó pasmada, mientras Manuel fue el primero en gritar de la emoción. De inmediato, todo era un hervidero de grillos; una sinfonía de panderos. La luz, del color de la miel, entraba por las ventanas. El día estaba realmente lindo. En el cielo bailaban dispersas algunas nubes que le parecieron botones de flor a punto de estallar de la risa. Un rato después, esperando como los demás a ser recogido por sus padres, Manuel vio a una niña en cuclillas mirando el suelo.

—¿Qué haces? —preguntó Manuel.

—Busco dientes de león —respondió ella.

—No lo hagas, hacen daño si les soplas.

—¿Quién dice?

—La maestra y mi mamá y mi tío Roberto.

—No les creas, los dientes de león no son peligrosos. Mira, aquí está uno, sopla y pide un deseo...

Manuel hizo lo que la niña le sugirió: cientos de pétalos diminutos flotaron frente a él, como polvo de sol.

Y así fue el día que estuvo muy lindo y en que Manuel e Inés se hicieron amigos.

III

En el recreo se dispusieron a comer el almuerzo, como cada vez que Inés se aburría de jugar con sus amigas. Sentados en una de las bancas que estaba a orillas del patio, Inés y Manuel miraban a sus compañeros jugar a policías y ladrones. El juego consistía en que los ladrones intentaban cruzar hasta el otro extremo del patio y los policías debían impedirlo. Si un policía atrapaba a un ladrón, éste se debía quedar en la cárcel hasta que acabara el juego. Si al menos un ladrón lograba llegar sin ser atrapado, a los policías les tocaba jugar el rol de ladrones, y a los ladrones, el de policías. Los policías, es decir, la mitad del primer curso, llevaban dos recreos consecutivos sin perder; eran los mejores policías de toda la vida.

—Me gustan los árboles.

—¿Cuáles árboles, Manuel?

—Todos los árboles, excepto los de aguacate.

—A mí me gustan los aguacates.

—¡Guácala, a mí me dan asco!

—Dice mi mamá que cada árbol es un amigo.

—Pero los árboles no se mueven, se quedan ahí nomás, mirando.

—Entonces, un árbol es un amigo que se queda.

—¿Para qué quieres un amigo que se queda? Eso no es ser un buen amigo.

—No, un árbol no es un amigo que se queda, un árbol es un amigo que siempre te sigue, porque se repite en cada esquina —afirmó Alejandro, que estaba parado detrás de la banca donde estaban sentados Inés y Manuel.

—¿Cómo?

—Sí, siempre está contigo, se repite y siempre te acompaña, y cuando ves el horizonte y ves muchos árboles, sabes que ya te espera a donde sea que vayas.

—¡Aaah! —suspiró Inés.

—¡De veras! —Manuel también se había quedado con la boca abierta, mientras pensaba que esos árboles no eran sus amigos, porque los aguacates le daban asco.

Alejandro se sentó con ellos, aunque él ya había comido. Ahora los tres veían cómo sus compañeros jugaban a policías y ladrones.

—¡Hola! ¿Quieren jugar?

—¡Sí, vamos! —se animó Manuel.

—No, no, no —dijo Inés, horrorizada por la sola idea de ser empujada al suelo, cosa de bárbaros.

—Bueno, ¡vamos! —remató Alejandro.

Ambos se levantaron y se unieron a los policías. Aún quedaba media hora de recreo; una guerra en medio de la escuela. Alejandro y Manuel no dejaron pasar a ninguno. Los policías ganaron. Fue la tercera victoria consecutiva, los mejores policías de toda la vida.

Así fue el día en que los policías ganaron de nuevo y en que Inés, Manuel y Alejandro se hicieron amigos. Los mejores policías de toda la vida.

IV

En el tercer recreo en que los policías seguían siéndolo, llovió a mediodía. Bajo la luz del sol, la lluvia casi ni parecía lluvia, y era la segunda cosa más grandiosa que había visto Manuel después de los dientes de león. El patio se fue poniendo resbaladizo; a mitad de la guerra, parecía un campo peligroso.

Ese día, un compañero de nombre Bernardo, que jugaba de policía, se resbaló justo frente a Ricardo, quien estaba del otro bando, y se rompió la nariz contra el piso, Ricardo llegó hasta el extremo del patio. De esta manera, los policías se volvieron ladrones y los ladrones, policías. Dejó de llover y Manuel pensó que el agua de esa lluvia extraordinaria debía ser azucarada, agua de sol. Lejos de lamentarse, pensó que al día siguiente volverían a ser policías.

Cuando acababa el recreo había pase de lista. Los maestros se ponían a un lado del patio, de espaldas a los salones, y los niños se formaban frente a ellos. El grupo A estaba en primer lugar; a su derecha, el B; seguía el C, etcétera. El director decía por el altavoz: "Uno", y todos alzaban la mano con la palma abierta. Luego decía: "Dos", y bajaban el brazo intentando recargar la mano sobre el hombro del compañero de adelante, pero sin que se notara. Finalmente, el director decía: "Tres", y descansaban el brazo y comenzaban a caminar en fila hacia los salones. A veces, como en esa ocasión, parecía que al director se le olvidaba qué seguía al dos, y los dejaba con la mano levantada por unos minutos. "Cuántas veces más nos será otorgado —pensó el director—, emborracharnos así del sol, aunque el costo de este día fuera el resto de los que me quedan, qué barato sería", y miró sobre el hombro a Emiliano, su amigo.

Ricardo estaba formado en la fila de la derecha, justo al lado de Manuel. La fila de Manuel era la del grupo A, la de Ricardo, la del B.

—Pst, ¡Manuel!

—¿Qué quieres?

—Quiero ser ladrón.

—Pero ya eres policía.

—Es que es más divertido. ¡Diles que ahora soy ladrón!

—Como quieras.

Manuel no entendía lo de Ricardo, pero le gustaba la idea porque era de los mejores ladrones. Al fin y al cabo, gracias a él, los ladrones ahora eran policías, y los policías, es decir, Manuel, Alejandro y sus compañeros, ahora no lo eran. En cuanto entrara al salón le daría la noticia a Alejandro. "Nada mal, nada mal", pensó Manuel, satisfecho.

El director dijo por el altavoz: "Tres, avancen... ¡ya!", y todos empezaron a caminar en fila hacia sus salones.

Así fue el día en que Manuel y Ricardo se hicieron amigos y en que los ladrones se hicieron policías y llovió a mediodía.

V

En toda la colonia sólo había una tienda y era de una señora llamada Catalina, que sufría constantemente fuertes dolores de cabeza que la ponían de un humor impredecible. Los niños le decían "La señora". Había convertido la sala y el comedor de su pequeña casa en un espacio lleno de anaqueles. Su esposo, como el de muchas mujeres de la zona, había muerto en uno de los enfrentamientos que no habían dejado de tener lugar desde la Revolución, a partir de lo cual la tienda había sido la fuente de su sustento, o al menos así lo creía ella, porque su única hija, Imelda, todos los días le llevaba la comida de la mañana, la tarde y la noche; además, se hacía cargo de los escasos gastos que generaba su madre, que eran en su mayoría pomadas y pastillas para el dolor.

La señora Catalina tenía el cabello rizado, a veces blanco, otras de oro desteñido, usaba unos lentes de cristal gruesísimo, amarrados con un estambre a su cuello para no perderlos. Había días en los que usaba zapatos color negro y otros en los que usaba pantuflas color rosa. Cuando usaba las pantuflas, evitaba estar de pie cuando entraban los clientes para que no la vieran.

Un día, Manuel, como todos los días que recibía su domingo, fue a comprar chocolates a la tienda. Siempre compraba chocolates o un refresco, y cuando por algún motivo le daban algo extra, compraba las dos cosas. Eran chocolates con forma de estrellas que estaban revueltos en un jarrón de cristal en uno de los estantes más bajos. Abrió el jarrón y comenzó a tomar uno por uno hasta juntar ocho, porque sólo le alcanzaba para ocho y nada más. Se acercó a la mesa y con la mano abierta dijo: "Son ocho, señora". Doña Catalina, que a veces reconocía a sus clientes y a veces no, lo miró perpleja, le arrebató los dulces de la mano y empezó a contarlos con una actitud horrenda. Nunca había hecho tal cosa, no al menos a él.

Esto lo indignó y comenzó a dolerle el estómago, como cada vez que se indignaba. Enfurecido y con los puños bien cerrados y los brazos entumidos por la fuerza, gritó: "¡Así ya no quiero nada, ojalá cierre su tienda!", y al salir azotó la puerta. De camino a casa se fue con ganas de llorar por la rabia, repitiendo una vez tras otra: "Ojalá cierre su tienda, ojalá cierre su tienda, ojalá cierre su tienda, ojalá...". Ese mismo día Catalina tuvo otro dolor fuertísimo y cuando llegó su hija la encontró como dormida sobre la mesa.

El enojo le duró a Manuel hasta después de la hora de la comida, pero no volvió sino hasta una semana más tarde por la vergüenza, dispuesto a pedirle una disculpa a la señora Catalina y porque tenía dinero y quería chocolates. Cuando avisó al salir de casa que iba a ir a la tienda, su madre lo alcanzó y le dijo:

—Manuel, doña Catalina tuvo que cerrar su tienda. Ahora está en otro lugar, pero quizá vuelva a abrirla en algún tiempo.

—O sea, ¿que ahora no está? —preguntó Manuel, quien recordó súbitamente las palabras que había escuchado decir a su madre hace unos días: "Fue un infarto".

—No, Manuel.

—¿Y cuándo va a regresar? —comenzaron a sudarle las manos, "fulminante, la pobre no pudo ni reaccionar".

—No lo sé, Manuel, tal vez, no lo sé —su mamá comenzó sospechar algo en su mirada.

—Pero... —"cuando llegó su hija la encontró como si estuviera dormida y ya era muy tarde, qué pena, pobre Imelda".

—No te preocupes, Manuel. Mira, tal vez algún día te lleve a su nueva tienda y puedas saludarla.

Quiso decir algo que fuera más convincente al ver que su hijo comenzaba a mostrarse nervioso.

—Ven... oye —le tomó la mano y la acercó a ella—, le pediré que me envíe de los dulces que te gustan, ¿está bien?, así ya no la extrañarás.

Manuel salió de casa con un fuerte dolor de estómago. Al doblar la esquina vio una botella de refresco que alguien había estrellado. Miró los pedazos de cristal regados sobre el pavimento que reflejaban cientos de rayos de luz hacia todos lados, un sol hecho pedazos. Terminó por aceptar lo que ya había sospechado desde que espió a su madre mientras hablaba con alguien del otro lado del zaguán, que "La señora" no iba a volver a abrir la tienda, y sus ojos empezaron a mojarse.

Un sol hecho pedazos.

VI

Todas las veces que él y sus amigos quedaban para jugar, lo hacían frente a la tienda. Manuel se acordaba de "La señora" y le dolía el estómago. A nadie se lo contaba, pero siempre lo tenía presente.

Ese día se reunieron Manuel, Alejandro, Ricardo, Gustavo —un invitado de Ricardo— e Inés. Las calles estaban desiertas y llenas de sol y los cinco decidieron jugar a las escondidas en un lugar que estaba al final de la colonia.

Era un lote baldío, en donde había una serie de casas que dejaron sin terminar. Aquí y allá sobresalían, entre los arbustos, paredes inconclusas de ladrillo rojo y pilares que apuntaban hacia el cielo. Los ladrillos exhibían muestras de haber resistido un incendio. Alejandro las imaginaba como las ruinas de una ciudad antigua, lo que le daba un toque de misterio. Había algo de solemne en ese lugar, algo que le decía que jugar ahí era cosa seria. A Ricardo le parecía que si no ponían cuidado, alguien podría perderse para siempre. Eso les hacía sentir una presión en el pecho.

Gustavo fue el primero en buscar a sus compañeros porque era el nuevo. Se puso frente a una pared, se cubrió los ojos y contó en voz alta hasta veinte. Todos corrieron y eligieron sus escondites, cosa que no era fácil entre las opciones que había. Aunque Alejandro y Ricardo eran buenos jugando a policías y ladrones, siempre eran los primeros en ser descubiertos. "¡Un, dos, tres por Alejandro que está en el pilar! ¡Un, dos, tres por Ricardo que está agachado detrás del arbusto!". Luego cayó Inés, quien corrió hacia la base cuando vio a Gustavo lejos pero no contó con que él corría rapidísimo. "¡Un, dos, tres por Inés que viene corriendo!".

Nadie sabía dónde estaba Manuel, era como si hubiera desaparecido de la faz de la Tierra. De pronto, se escuchó: "¡Un, dos, tres por mí y por todos mis amigos!". Así ganó la partida, una vez más, haciendo que Gustavo contara de nuevo.

Inés sentía que en ese lugar el aire siempre estaba húmedo y fresco. Desde la primera vez que estuvo ahí, gracias a sus nuevos amigos, su mente se adueñó del lugar. Cada día de juego ella memorizaba y agregaba partes que había pasado por alto. Le gustaban las sombras que proyectaban las paredes sin techo sobre la tierra y los arbustos que tenían en sus ramas pequeñísimos frutos rojos que todos creían venenosos, por eso nadie los comía. Jugaron hasta que el sol empezó a ponerse, hasta ese momento se percató de que en ese lugar oscurecía ligeramente más rápido. Después de algunas horas de juego, le tocó contar una vez más a Gustavo, que se había vuelto buenísimo en el juego. Todos sabían que era el último juego del día, éste era siempre el que más valía porque quien perdiera comenzaría contando la próxima ocasión.

"... dieciocho, diecinueve, ¡veinte!"

Cada uno de los amigos se había esmerado en encontrar el mejor refugio. Manuel escogió una pared sola, sin arbustos, en medio del campo yermo. Parecía que ni respiraba. Escuchó su corazón latiendo a toda marcha. En el momento en que estuvo a solas y al ver por delante el descampado, no pudo evitar el recuerdo de "La señora" y comenzó a dolerle el estómago. Chocolates con forma de estrellas. "Son ocho, señora." Luego azotó la puerta. "Ojalá que cierren la tienda, ojalá que cierren la tienda, ojalá..."

Inés llegó corriendo sigilosamente y se puso contra la pared. Miró por sobre el borde, sin hacer ningún ruido. El sol ya se había puesto y empezaron a escucharse los grillos. "Tuvo que cerrar su tienda...". Se ponía cada vez más oscuro y a Manuel le dolía el estómago con más fuerza. Una botella de refresco estrellada contra el suelo, el sol hecho trizas. Sus ojos empezaron a mojarse y volteó hacia otro lado para que Inés no lo viera. Su presencia ahora lo incomodaba porque se sentía expuesto. "¡Un, dos, tres por Ricardo que viene corriendo!, ¡un, dos, tres por Alejandro que está detrás del pilar!". Por entre la hierba vio una serie de chispas que empezaron a encenderse. Primero era una, luego dos, luego fueron incontables, como estrellas que se han acercado demasiado. Manuel pensó que eran pedazos rezagados del sol.

—¿Te gustan las luciérnagas? —preguntó Inés al darse cuenta de que Manuel evitaba mirarla.

—Sí.

—A mí también, ¿has visto alguna vez algo más bonito?

—Las luciérnagas azules son las más extrañas.

—¿Has visto alguna vez una luciérnaga azul?

—No, pero existen.

—¿Y cómo lo sabes?

—No sé, pero sé que sí existen.

—Cuando veas una, prométeme que me lo contarás, Manuel.

El dolor de estómago desapareció y se olvidó de todo, incluso del sol hecho pedazos. "¡Un, dos, tres por Inés y Manuel que están detrás de la pared!"

Así fue el día en que Manuel, Alejandro, Ricardo, Gustavo e Inés se hicieron amigos y en que Manuel comenzó a querer a Inés.

VII

Manuel se subía los calcetines cada vez que se le caían. Todos los domingos por la mañana iba a la iglesia con sus padres y su hermana Luz. Lo despertaban a las seis, sobre su cama ya estaban sus zapatos, el pantalón, la camisa para la iglesia y los calcetines blancos. A Manuel le gustaba ir porque ahí estaban todos sus amigos, casi todos los demás compañeros de clase y hasta los profesores con sus propias familias, es decir, la mayor parte de los vecinos de la colonia. Si tenía suerte, eso era si a su mamá le gustaba la homilía, al salir le compraban un merengue en el parque. También había uno para su hermana, pero como ella era mayor, a veces decía: "En esta ocasión no; gracias, papá", lo hacía para sentirse aún más madura de lo que era. Cuando decía eso a Manuel le recordaba sus calcetines blancos, demasiado grandes. El desayuno dominical de la familia Zavala consistía en pan con nata y azúcar, y leche para él; en ocasiones especiales había conchas y no sólo bolillos. Éstas le gustaban más pues las podía partir por la mitad para untarles nata. La iglesia quedaba a cinco cuadras de su casa todo derecho, luego seis cuadras a la izquierda, después vuelta a la derecha y nueve cuadras más en línea recta. Se tuvo que aprender el camino de memoria por consejo de su madre, pues una vez le dijo que todo buen hombre debe saber siempre dos cosas: primera, dónde queda su casa; segunda, dónde queda la de Dios.

—Dios vive en todos lados, Manuel.

—Entonces, ¿para qué vamos a la iglesia?

—Porque la iglesia es su casa, Manuel.

—Ah, no entiendo...

—Mira, Manuel, tú vives en esta colonia que está en Guadalajara, que está en Jalisco, que está en México, que está en América y que está en el mundo. Pero tu casa está aquí, en el número dos. Así es con Dios: él vive en todas partes, pero su casa está en la iglesia, ¿ves?

—Entonces, ¿yo también vivo en todas partes?

—Más o menos, Manuel, más o menos.

—Ummm...

Casi siempre les tocaba sentarse en las filas de en medio. Como ahora que, aunque llegaron a las nueve en punto, siempre había quienes estaban desde las ocho y media, incluso desde las ocho. Le gustaba la voz del Padre, un temblor delicado que viene de lejos: "En el nombre del Padre, del Hijo y del Espíritu Santo". A Manuel le gustaba jugar a encontrar a sus amigos entre la gente.

Era como las escondidas, pero en la casa de Dios. "Estamos hoy reunidos, ante ti, Señor", sólo que había que hacerlo en silencio. "¡Un, dos, tres por Alejandro que está a tres filas del altar!". Se preguntaba si Jesús jugó a las escondidas de niño. "¡Un, dos, tres por Gustavo que está hasta el fondo!". Y entonces se imaginaba cómo hubiera sido jugar con Él. "Señor, ten piedad de nosotros." ¿Habrá usado sus poderes para tomar ventaja? Si Manuel los tuviera, pensaba, se haría invisible y se quedaría a tres pasos del que contaba para salvar rapidísimo a sus amigos.

"¡Un, dos, tres por todos mis amigos! ¡Woahh, buum, gané de nuevo!". O si le tocaba contar a él, tal vez al mismo tiempo le pediría un poco de ayuda a Dios Padre: "Padre, por favor, enséñame el lugar donde están escondidos mis amigos, sólo por esta ocasión. Por nuestra culpa, por nuestra culpa, por nuestra gran culpa". ¿Y si Dios Padre estuviera muy ocupado o simplemente no quisiera jugar con Él? Bueno, siempre podrías decirle al Espíritu Santo, Él quizá habría sido más accesible. "¡Un, dos, tres por Inés que está al final de la fila!". Debió haber sido genial jugar con Jesús, pero siendo de su mismo equipo, claro, si no, qué chiste.

Esa mañana hubo merengue al salir de misa.

"En esta ocasión no; gracias, papá", dijo su hermana.

Manuel se subía los calcetines cada vez que se le caían y se reía de Luz.

VIII

Los padres de Manuel, Ricardo, Alejandro y Gustavo eran amigos. A veces se quedaban a platicar al salir de misa. Hablaban de cosas serias mientras sus hijos jugaban en el parque. El papá de Manuel era jefe de la oficina estatal de telégrafos; los papás de Ricardo venían de la ciudad vecina de Ameca y tenían una tienda de cerámica; los de Alejandro eran de Zacatecas, pero llevaban años viviendo en Guadalajara; los de Gustavo tenían un pequeño rancho de vacas a las afueras; el papá de Inés trabajaba para un banco importante y tenía poco tiempo para convivir con los demás, pero su nana se llevaba de maravilla con todos ellos.

Manuel, a quien le gustaba correr y asustar a las palomas, se dio cuenta de que no conocía la parte trasera de la iglesia. Se le ocurrió sugerir a sus amigos que indagaran en esa parte, pues se moría de curiosidad por saber cómo era. Todos siguieron a Manuel, al llegar al lugar vislumbraron una hermosa glorieta en cuyo centro había una fuente monumental. Se acercaron a ella y en el fondo vieron un montón de monedas que brillaban como estrellas titilantes en el firmamento o como cristales de luz, el dinero de Dios.

—Es una fuente de los deseos —dijo Inés.

—¿Cómo lo sabes? —preguntó Alejandro

—Porque mi mamá me ha contado sobre ellas.

—¿Y cómo funciona?

—Fácil, tiras una moneda y pides un deseo.

—¿De cuánto tiene que ser la moneda?

—No lo sé. Cualquier moneda, creo...

—¿Puedes pedir lo que sea?

—Lo que sea...

—¿Lo que sea, lo que sea?

—Bueno, sólo cosas buenas, no malas —dijo Inés y a Manuel le comenzó a doler el estómago.

—¡Yo quiero jugar!

—¡Yo también!

—¡Sí, yo también!

—¡Sí, sí!

—Pero no se vale decir el deseo en voz alta, ¿de acuerdo?, tiene que ser secreto para que funcione —previno Inés.

Todos tenían una moneda, porque era domingo y todos los domingos recibían dinero que por lo general era una moneda. Uno por uno aventó su moneda y cerraron los ojos para pedir su deseo, sin saber por qué pero los cerraron e imaginaron lo que querían. "Es como rezar y pedir a Dios", pensó Manuel antes de tirar su moneda, "pero más efectivo porque pagas", se convenció. Al tirarla, cerró los ojos como todos e intentó pedir algo. Primero se imaginó muchos chocolates en forma de estrellas, pero rápido se dio cuenta de que debía pedir otra cosa, porque eso lo podía comprar en cualquier tienda y más barato. Después imaginó una bicicleta, pero se le hacía un abuso. Entonces pensó una cosa tras otra y todo lo iba descartando, ya fuera porque ya lo tenía, porque se le hacía absurdo o porque le parecía demasiado. Al final su imaginación se nubló y sólo vio el fondo negro de sus párpados. Unas chispas se encendieron y recordó la tarde en que había visto las luciérnagas al lado de Inés, detrás de la pared sin arbustos. "¿Has visto alguna vez una luciérnaga azul?". "No, pero existen". Entonces se imaginó cientos de luciérnagas azules, tantas que podía agarrarlas con la mano y decirle a Inés: "¡Mira, sí existen!".

—¡Apúrate, Manuel, sólo puedes pedir un deseo! —e Inés empezó a reírse.

—¿Qué pediste, Manuel? —preguntó Alejandro.

—Sssh, es secreto.

Manuel no estaba seguro de lo que había pedido, pero se sentía satisfecho. En todo caso, no sabía si cada luciérnaga contaba como un deseo o si todas valían por uno.

"¡Un, dos, tres por las luciérnagas azules que vuelan por todos lados!".

IX

El patio lucía triste. Manuel sintió que tal vez el sol estaba enfermo. Y si no era el sol, quizá fuera que Dios ese día se había despertado cansado. Casi no se distinguían más colores que el gris de los uniformes: gris oscuro el pantalón o falda, gris claro la playera y el suéter. Ese día nadie jugó a policías y ladrones, ni a las traes, ni a nada.

Ricardo almorzaba en compañía de Inés y Manuel. Miraban en silencio. Apareció Bernardo, aquel compañero que había resbalado hacía tres o cuatro recreos, seguido de su hermano de sexto grado y dos amigos. Aún llevaba una gasa en la nariz y los ojos llenos de rencor. Se acercó a Ricardo y lo empujó con tanta fuerza que éste quedó con las piernas hacia el cielo y el mundo dando vueltas a su alrededor. Sintió algo mojado detrás de su cabeza y un hilo de sangre empezó a hacer su camino entre el polvo. No le dolía nada, sólo comenzó a tener sueño. Manuel, que estaba a su derecha, volteó y miró hacia abajo, y ahí estaba su amigo, que yacía como un escombro. Así que se levantó de un salto y se lanzó a golpes contra Bernardo. El hermano mayor intervino y lo sujetó por la espalda con ambas manos, lo levantó y lo arrojó con violencia contra la banca. Inés, que había visto desde lejos la manera en que Bernardo y sus amigos se acercaban, ya estaba en camino para advertirle a los profesores.

Alejandro y Gustavo llegaron como un rayo y soltaron puñetazos y patadas por todos lados, mientras Manuel se levantaba y se unía a la pelea. Eran una tormenta, un cielo alborotado, lo que les faltaba en tamaño y en fuerza, les sobraba en coraje y violencia. Nubes iracundas. Cuando llegaron, la maestra y el director tuvieron que abrirse camino entre la multitud de niños que se habían congregado y lanzaban gritos en favor o en contra de tal o cual bando. De inmediato los separaron y todos fueron a la Dirección. Todos menos Ricardo, que tenía los ojos cerrados y la boca entreabierta, mientras un hilo de sangre se hacía camino entre el polvo desde su cabeza. Fueron llamándolos uno a uno a la oficina.

—¿Por qué lo hiciste, Manuel Zavala?

—Porque mataron a Ricardo, señor.

Manuel apretó los dientes y se le puso la cara de color rojo, bajó la mirada hacia los zapatos del director, que se encontraba frente a él. Las lágrimas se abrían camino entre sus mejillas y caían sobre la losa. El director hizo una mueca y respiró hondo, vio las dos o tres gotas que brillaban sobre la solería y recordó aquella vez en que, antes de abandonar el campamento, uno de los subordinados llegó con un mensaje urgente de Emiliano, su segundo al mando y querido amigo. Una sola palabra, en clave: *rojo*; significaba que habían sido emboscados, y que tenían que seguir sin él. Debía haber estado a no más de media hora a caballo, pero si no desalojaban en ese momento, corrían el riesgo de ser alcanzados por los federales, a los que no podía hacerles frente.

—No, Manuel, no lo mataron. Se descalabró y está en la enfermería, nadie mató a nadie —Manuel seguía llorando y con la cara de color rojo.

—Mira, ya no llores. No pasó nada, ¿ves?

—Yo lo vi.

—Bueno. Te voy a decir algo, sólo es entre tú y yo.

—Diga, señor.

—No hiciste nada malo, está bien defender a los amigos. A un amigo nunca se le abandona. ¿Me entiendes?

—Sí, señor.

Manuel había dejado de llorar y respiraba con el pecho dando brincos. Daba pequeños tragos entrecortados de aire, como un pequeño pez fuera del agua. El director quiso calmarlo.

—Ven aquí. No pasó nada.

El director le dio un abrazo a Manuel, quien suspiró aliviado y respiró con normalidad.

—Vete a tu salón.

—¿Puedo ir a la enfermería a ver a Ricardo?

—Sí, pero sólo un rato y regresas a tu clase, ¿entendiste?

—Por supuesto.

—Bien. ¡Bernardo, entra ahora!

Manuel no volvió al salón en todo el día.

X

Tres días después, cuando acabó el castigo en sus casas, Manuel, Ricardo, Alejandro y Gustavo quedaron de verse frente a la tienda, Inés los acompañaba. Decidieron irse al fondo de la calle, al final de la colonia, el escondite secreto. Antes de empezar a jugar a las escondidas prometieron estar siempre juntos.

"Pase lo que pase, estemos donde estemos, siempre juntos."

XI

La maestra escribió en el pizarrón lo siguiente: "A diferencia del signo de la suma (+), que va siempre en rojo, el de la resta (-) va siempre en azul, recuérdenlo".

Manuel vio la línea horizontal y pensó en el mar. Se sorprendió tanto al descubrir que el signo de la resta (-) era idéntico a la línea que dibuja el mar en el horizonte. ¿Qué tendría que ver el mar con las restas?

—Niños, si tienen preguntas, por favor alcen la mano y díganlo con confianza.

El silencio era apabullante.

—¿Ninguna pregunta?

Nadie movía ni una pestaña. Todos miraban con fijeza a la maestra.

—¡Recuerden que no hay preguntas tontas, sino tontos que no preguntan!

Todo continuó igual.

—¿Nadie? Bueno, ahora vamos a hacer un ejercicio...

De repente, Manuel alzó la mano derecha.

—A ver, Manuel, ¿cuál es tu pregunta?

—Profesora Lore, ¿qué tienen que ver las restas con el mar?

—¿Perdón? ¿Qué dijiste, Manuel?

—¿Por qué el símbolo de la resta tiene que ser una línea y escribirse con azul?

Todos en el salón se rieron menos la maestra, que trataba de entender, e Inés, que volteó a ver a su amigo y se esforzó en pensar en el mar. Manuel se sintió ridículo y decidió que nunca volvería a preguntar nada en clase de Matemáticas, en donde nada tenía sentido. Sintió la necesidad de ver el mar, tal vez así podría descubrir una respuesta a su pregunta. La clase siguió a la distancia y en su mente se revolvían las palabras de la maestra entre las olas y la espuma blanquísima.

—Toma —lo interrumpió Inés.

—¿Qué es esto?

—Es un barquito de papel, lo hice para ti.

—¡Wuooohhhh!

—¿Quién es éste y quién éste?

—Este eres tú y esta soy yo. Estamos juntos en el barco.

—¿Te gustaría ir algún día en barco conmigo?

—¡Sí!

Inés miró de reojo a Manuel, que tenía su vista perdida en el techo y estaba segura de que ahí mismo, en medio de la clase de Matemáticas, los dos viajaban en un gran barco, destino sin revelar, flores de espuma.

Así fue el día en que Manuel ni aprendió a restar ni se dio cuenta de que Inés lo quería.

CAPÍTULO 2

I

Aunque su padre aún creía que podía recomendarlo en la estatal de telégrafos, Manuel Zavala sabía que su vida nunca correría dentro de una oficina. Desde pequeño le gustaba salir a caminar y llegar cubierto de tierra. Tenía cuatro amigos de toda la vida: Alejandro, Inés, Ricardo y Gustavo.

1930. Al otro lado del mar, Neruda se había casado. Picasso pintaba *Bañista sentada a orillas del mar*. Álvaro Obregón había ganado la reelección y había sido asesinado el mismo día por un caricaturista mientras comía, mientras en España, Miguel Primo de Rivera, dictador, cedía el poder después de ocho años.

Manuel y sus amigos jugaban a las escondidas en un lote baldío al final de la calle. Lo hacían hasta que el sol se ponía y casi siempre ganaba él. Su lugar favorito para esconderse era detrás de una serie de paredes inconclusas que sobresalían de los matorrales. Ahí se quedaba quieto como si no respirara. En ocasiones, veía entre la hierba chispas que se encendían de repente. Inés se escondía junto a Manuel, y la promesa de encontrar una luciérnaga azul que pudiera enseñarle la llevaría consigo, sin ser consciente de ello, a todas partes.

Manuel Zavala tenía 14 años.

II

La casa de Manuel parecía una gran caja de zapatos. Desde el zaguán corría un pasillo amplio que llegaba hasta el fondo. La sala, los cuartos y la cocina iban a lo largo. En todas las orillas crecían flores, palmas y helechos. Había sillas y mecedoras, a veces, por las noches, alguien salía de su cuarto y se sentaba a pasar el rato. Eso lo hacía mucho su abuela, aunque también de día, cuando encendía el radio y se sentaba a mirar las plantas, con sus ojos como regaderas, agua que no se termina.

A Manuel le parecía que en ese pasillo siempre era verano, el calor atrapado entre los helechos y las gardenias, verano en primavera, verano en verano, verano en otoño... un verano que no nunca terminaba. Cuando se sentaba, echaba hacia atrás la cabeza y miraba. Si su abuela no tenía prendido el radio, él se imaginaba que estaba en el cielo en medio de un silencio absoluto y volaba por los parques de Dios hasta que su boca, que la dejaba abierta, se le llenaba de saliva y lo hacía regresar al mundo, donde está América, donde está México, donde está Jalisco, donde está Guadalajara, donde está su colonia, donde está su casa, en el número dos.

Pero su abuela tenía prendido el radio y Manuel ya no pudo soñar más; no obstante, se quedó sentado en una mecedora y aguzó el oído. En la estación de radio que sintonizaban había dos cosas de las que siempre se hablaba, de lo mal que le iba a España y de lo bien que le iba a México. En España, un señor al que le decían "dictador", cuyo nombre real era Miguel Primo de Rivera, había dejado todo a cargo de un amigo suyo, Dámaso Berenguer, y se había ido. En México, el presidente Pascual Ortiz Rubio tenía todo bajo control.

Manuel se preguntaba qué era exactamente un "dictador", como Miguel Primo de Rivera, cuando vio a Inés por la puerta abierta del zaguán.

—Manuel, ¿quieres salir a jugar?

—¡Epa!

Inés y Manuel caminaban en medio de la calle desierta. Manuel se preguntaba dónde estaban los demás, mientras Inés sentía el corazón que le latía con locura y como queriéndosele escapar del pecho. Nadie dijo nada, sólo caminaron con la vista en el suelo porque era mediodía y la luz lastimaba los ojos. Inés, controlándose con gran aplomo, lo tomó de la mano, sin voltearlo a ver, y él sintió algo muy dentro que lo hizo marearse. Miró a Inés y sintió vergüenza, bajó rápido la mirada y siguió caminando. Tenía la boca entreabierta y respiraba y le faltaba el aire. Pero no estaba cansado, todo lo contrario. Tenía unas ganas locas de echarse a correr hacia quién sabe dónde, pero sin soltarla. Siguieron caminando en silencio, hasta el final de la calle, al final de la colonia. Se detuvieron detrás de una pared sin arbustos, que estaba sola en medio del campo yermo. A Inés le temblaban y le sudaban las manos, pero frunció el ceño y se decidió de una vez por todas.

—¿Puedes guardar un secreto? —preguntó Inés en voz baja, pero segura.

—Sí, te lo juro.

—Cierra los ojos.

Entonces Manuel tuvo sobre sus labios la cosa más suave que había sentido en su vida y escuchó los zapatos de Inés corriendo a gran velocidad. Cuando abrió los ojos, Inés era un pequeño vestido turquesa que se alejaba. Sintió la necesidad inmediata de salir corriendo tras ella, pero al instante surgió la idea preclara de que no debía hacerlo bajo ningún motivo. Alzó la mirada y exhaló el aire que había guardado. Sintió en su pecho una fiesta, como la de la candelaria, con todo y sus fuegos artificiales estallando y haciéndole cosquillas por dentro.

—¡Dios!

Fue lo único que dijo Manuel varios minutos después.

Así fue el día de verano en invierno en que Inés y Manuel se dieron un beso.

III

Duraron tres días sin hablarse y, cuando se miraban en el salón al mismo tiempo, fingían que no se habían visto. Al cuarto día fue Manuel quien se asomó por la casa de Inés:

—¿Quieres salir a caminar conmigo?

Después de pasar el rato y cuando todos iban a sus casas, Inés y Manuel se quedaban un poco más en su lugar favorito. Todos se daban cuenta, pero nadie decía nada. A Inés le parecía que en ese lugar el aire siempre estaba húmedo y fresco, y el sol se ponía más rápido.

—¿En verdad existen las luciérnagas azules? —preguntó Inés.

—Sí, sí, ¡en verdad!

—¿Cómo sabes?

—No lo sé, pero existen. Además, me lo contó mi papá.

—¿Qué cosa?

—Sobre las luciérnagas azules.

—¿Qué te contó?

—Que son las últimas en aparecer. Es una leyenda muy antigua.

—¡Oh!, cuéntamela, por favor, no me la habías mencionado.

—Se dice que es de buena suerte ver una luciérnaga azul porque son muy raras. Son las últimas en encenderse, justo antes del amanecer, cuando ya todo está oscuro, y no sólo el resto de las luciérnagas se ha ido, sino también las estrellas y hasta la luna.

—...

—Por eso es difícil verlas, porque para entonces todos están dormidos y piensan que ya no hay nada más que ver. Pero si ves una, es que justo está por amanecer y sólo la verás por un tiempo cortísimo, como un destello o una chispa que se prende y no vuelve nunca.

—Algún día veremos una.

Inés se recargó sobre el hombro de Manuel y en silencio imaginó cómo sería encontrarse con una luciérnaga azul. Él no supo entonces que ella mantendría en su memoria aquel lugar intacto y lleno de luciérnagas azules. Inés, por su parte, no imaginó que Manuel pensaría en ella, sólo en ella, muchos años después, cuando las viera por primera ocasión. Dos personas que se quieren.

IV

—Muchachos, grandes cosas están sucediendo en la madre patria —dijo Emiliano Morales, el maestro de Historia, al tiempo que se acomodaba los anteojos.

Todos quedaron expectantes.

—Al otro lado del mar, en España, acaba de dimitir el dictador Miguel Primo de Rivera, y el poder lo ha recibido Dámaso Berenguer, con la promesa de por fin organizar elecciones.

—¡Oooh!

—¿Saben lo importante que son las elecciones? Todo gobierno que sea democrático debe ser elegido por el pueblo y en España están por elegirlo por primera vez en muchos años. ¿Recuerdan al último dictador de México?

—¡Sí, profesor! —dijeron al unísono los alumnos.

—A ver, ¿quién fue?

—¡Porfirio Díaz Mori, profesor!

—Muy bien. ¿En qué año lo derrocaron?

—¡1911!

—Muy bien, muy bien, ¿y qué siguió después?

—¡La guerra!

—Excelente. ¿Cuánto duró?

—¡Diez años!

—Perfecto, diez años de guerra. ¿Lo entienden? ¿Ahora saben por qué es tan importante lo que está ocurriendo en España? Porque acaban de derrocar al dictador español y tenemos que ‑

estar atentos. En cualquier momento puede estallar la guerra y ustedes saben que ésta es lo más terrible que puede sucederle a cualquier país.

Alejandro alzó la mano.

—Dime, Alejandro.

—¿Por qué es tan malo que haya un dictador?

—Bueno, Alejandro, porque cuando hay una dictadura ya no hay elecciones verdaderas, es decir, deja de haber democracia, y cuando ya no hay democracia, el pueblo queda relegado y sujeto a los intereses de unas cuantas personas.

Manuel alzó también la mano como movido por un resorte:

—¿Y cómo es eso?

—Bueno, Manuel —suspiró el profesor—, pongámoslo así: ¿Alguna vez los han regañado sus padres o profesores y les han pedido no decir nada, guardar silencio?

—Sí, muchas veces.

—Pues es parecido. Una dictadura es el silencio, pero un silencio cruel y completo, no un silencio como el que cuentan en la misa, que según dicen es la música del cielo, ¡no es así! El silencio de las dictaduras es un silencio amargo. Imagínense que alguien los obligara a quedarse callados no por una hora ni por un día, sino por años, incluso por décadas: imaginen que en el momento en que están a punto de decir algo importante los obligan a callarse; imagínense un silencio así. Con el tiempo, se los aseguro, desearían decir lo que piensan o lo que sienten, incluso más que comer o dormir, y entonces hay algunos hombres que llegan a preferir romper el silencio sobre su propia vida, porque ¿qué es la vida cuando uno no puede vivir? —su mirada se quedó perdida en el ventanal del fondo, viendo el pedazo de horizonte que le correspondía.

Por un momento el profesor sintió la misma luz de aquel día en que se encontró en medio de un enfrentamiento con los federales, él y los pocos hombres que le quedaban, agazapados detrás de una serie de edificios arruinados, a las afueras de la ciudad, no muy lejos de donde se encontraban ahora. Faltaba poco para el crepúsculo, el parque se agotaba y sabía que le restaban los últimos diez o quince minutos de su vida. Sólo devolvían los disparos indispensables para mantener a raya al enemigo. Administraban cada munición como lo que era, un instante más de vida, dos respiros extra, quizá tres. Así iban retrasando lo inevitable, cuando de repente un estruendo cimbró la tierra y el concreto de los muros que los protegían se resquebrajaba, uno tras otro, como una tormenta de truenos que se desataba y surgía por sí misma de la nada. Fragmentos de piedra volaban por doquier y una polvareda se alzó altísima bloqueando la vista a más de cinco pasos de distancia. Era el general, su mejor amigo, quien había ignorado el mensaje que de cierto modo había sido una despedida.

—Aaah —fue la reacción general del salón.

—Ahora saquen su cuaderno —continuó el profesor.

Manuel se quedó pensando en aquellas palabras e intentó imaginar cómo sería quedarse así, en silencio absoluto. Decidió hacer un experimento y quedarse callado hasta que aguantara. No dijo nada en toda la clase, tampoco se despidió de nadie, ni siquiera de Inés, estuvo así hasta la hora de la comida.

Bajo la mirada curiosa de su madre, Manuel se sentó en el pasillo y se puso a mirar al cielo.

—Manuel, ¿quieres salir a caminar? —propuso Inés, quien fue a buscarlo a su casa. Manuel asintió.

Se fueron caminando juntos y Manuel seguía callado. Inés le hablaba a ratos y él no respondía. A la mitad del camino, Manuel le tomó la mano.

—Te quiero.

Así fue el día en que Manuel entendió el silencio de la historia y en que le dijo a Inés que la quería.

V

—Inés, Inés, Inés... ¡Toma!

—¿Qué es esto?

—Es un barquito de papel, lo hice para ti.

—¡Es muy bonito!

—Está lleno de flores.

—¿Quién es éste y quién éste?

—Esta eres tú y este soy yo, y estamos buscando una luciérnaga azul.

—¡Manuel! ¡Qué bonito! ¿Habrá luciérnagas azules en el mar?

—¡Seguro que sí y algún día viajaremos juntos en un barco!

—¡Me gusta!

—En verdad, algún día viajaremos en barco.

—¿A dónde?

—Todavía no lo sé.

—Espera.

—¿Qué?

—¿Por qué a veces dices mi nombre tres veces como un conjuro?

—Ah..., ¡sí!

—¿Y si yo digo tu nombre tres veces, qué pasará?

—Inés, Inés, Inés. ¡La magia! ¡Una cosa mágica!

—Quizá un día pronuncie tu nombre tres veces y tal vez pase algo.

Manuel e Inés, ¡silencio ya! —interrumpió el profesor. Entonces se tuvieron que quedar callados.

Manuel miró de reojo a Inés, que tenía su vista perdida en el techo, y estuvo seguro de que ahí mismo, en medio de la clase, los dos viajaban en un gran barco. Destino sin revelar. Flores de espuma.

VI

Desde aquellos días Manuel se comportó de manera distinta. Mientras caminaba dentro del pasillo-jardín de su casa, el aire le olía a verano, las calles llenas de sol, el lote baldío, la pared sin arbustos, las luciérnagas, las clases de Historia, el silencio, la música del cielo y su amor, todas esas cosas juntas representaban el espíritu del verano. Si le hubieran preguntado qué pasaba no lo habría sabido. No tenía la menor idea de lo que ocurría, pero a sus 14 años sabía bien que era feliz, que quería a alguien y que ese alguien era Inés.

A las seis de la mañana su madre entró al cuarto para despertarlo, como solía hacer. Al abrir la puerta, lista para decir *"¡Manuel!"*, vio que ya tenía los ojos abiertos. Con la mirada en el techo y en sus labios la huella de una sonrisa, Manuel escuchaba su propia respiración, un mar en calma. Saboreaba los restos de un sueño que no podía recordar. Su madre, al verlo, perpleja, sólo atinó a decir en voz baja: "Manuel, ya está el desayuno".

Así transcurrieron seis meses de verano constante. Él lo sabía, en el pecho y en el estómago, bañado desde adentro por un sol que nunca se iba. Antes de abrir los ojos comenzaba a oír su propia respiración. Luego miraba el techo y se quedaba quieto, el cielo se movía en la pintura blanca.

Así fue el 15 de agosto de 1930 en que Manuel despertó en medio del verano.

VII

—Tal vez tenga que viajar a Pénjamo, mi hermano no está muy bien de salud —dijo su padre, sosteniendo la mirada fija de Manuel. Torció la boca y exhaló, luego continuó—: ya ven que se puso mal después del accidente, me llegó un telegrama de la tía Socorro diciendo que a veces deja de comer por varios días, siempre ha sido una exagerada mi cuñada, ya sabemos, pero aun así me preocupa. ¡Ah, qué Bartolo este!, voy a tener que ir a enseñarle a comer de nuevo —y le sonrió a su esposa.

—Vamos todos, sirve que Manuel conoce a su tío —dijo su madre—. ¿Cuándo fue la última vez que Bartolo lo vio?

—Creo que fue en su bautizo —respondió su padre—, le va a dar gusto ver cómo has crecido, Manolito. ¿Qué dices?, ¡aparte conocerás Pénjamo! —y se puso a cantar la misma canción que cuando hablaba del lugar a donde se había ido su hermano mayor desde que era pequeño—: "Al cabo por todo México, hay muchos que son de Pénjamo, si una muchacha te mira y se agacha, es que es de Pénjamo, o si te mira y luego suspira, ¡también es de allá!" —le guiñó un ojo a Manuel, que esquivó la mirada al instante.

—Ya deja en paz a Manolito —dijo su madre y ambos se rieron alegremente.

El viaje se organizó para inicios de septiembre, después de que su padre arregló los pendientes en la oficina y luego de llegar a un acuerdo con los profesores de Manuel, quien durante todo el viaje no hizo otra cosa que pensar en volver a ver a Inés.

VIII

Fue el 21 de septiembre cuando regresamos de Pénjamo, me esperabas frente a mi casa, Alejandro. Cuando vi tu cara me empezó a doler el estómago. Te quedaste así, frente a mí, callado. No supe bien si tenías temor o vergüenza, sólo sé que tartamudeaste un poco cuando me dijiste: "M..., Manuel..., Inés...". Cuando lo dijiste me sentí tan pequeño y, de repente, tan solo. Sobre mi cabeza sentí de golpe la altura del cielo. Qué lejos está de nosotros, parece que podemos tocarlo y, sin embargo, está lejísimos. Cuánta distancia entre el cielo y nuestros hombros, entre las nubes y nosotros; cuánto espacio vacío, cuánto frío. Sentí el vértigo de saberme así, en un instante, realmente diminuto frente a un cielo indiferente.

Me eché a correr a su casa, ¿recuerdas? Sentía en mi pecho un montón de piedras sueltas. Corrí lo más rápido que pude, no sé qué tanta gente me vio correr como un loco. Cuando llegué ya se había ido. No entendí nada, ¡nada! ¡Qué le hubiera costado decírmelo antes! Me tiré ahí, recargado contra la puerta.

No había pasado más de un día de la partida de Inés. Manuel se sentó contra la puerta enorme de la residencia vacía de los Moreno Bustamante con la boca abierta y la mirada perdida, ajeno al mundo. La línea de sus labios empezó a torcerse y cerró los ojos con fuerza. Los cerró con toda la fuerza de la que era capaz, como si Inés fuera a volver en cualquier momento y lo pudiera sorprender llorando. Sentía vergüenza y no sabía por qué, algo muy parecido a la culpa. Se vio a sí mismo arrojado a un mundo que no era suyo, abandonado, como una moneda que alguien dejó caer sin darse cuenta y que no se echará en falta, extraviada en medio de una calle por la que nadie andará en mucho tiempo. Después de un rato comenzó a sentir frío. Respiraba con el pecho dando pequeños brincos, un pez fuera del agua. Se quedó dormido.

Cuando desperté estabas a mi lado, Alejandro, en silencio. Recargaste tu mano en mi hombro y la dejaste ahí. Te quedaste callado, pero qué ibas a decir, con tu sola compañía me bastaba. Me acompañaste a casa. Recuerdo que hacía mucho viento y estaba nublado, las calles parecían azules. Cuando nos despedimos intentaste sonreír, pero todo quedó en una mueca. No te di las gracias entonces.

Años después, Manuel recordó en silencio ese día en que el verano, justo en medio del verano, terminó de golpe.

CAPÍTULO 3

I

1934. Al otro lado del mar, Neruda conocía a su segunda esposa. Picasso no sabía que pintaría el *Guernica*. Plutarco Elías Calles, como si aún fuera el presidente, gobernaba México. En España se percibía el olor de la guerra.

Aunque Inés se había ido, Manuel seguía hablando con ella, pero ese era su secreto.

Manuel Zavala tenía 17 años.

II

Manuel salió de la cocina y recorrió el pasillo entre flores, helechos y palmas; cerró la puerta tras de sí. Alejandro, Ricardo y Gustavo lo esperaban en la estación de trenes, cada uno con una maleta pequeña a sus pies. Se abrazaron al encontrarse. "Bueno, ¿nos vamos o qué?", dijo Alejandro, para cortar el silencio. Con el boleto en la mano fueron subiendo al vagón que los llevaría a la Ciudad de México.

Manuel escogió ventana. Recargó su cabeza y cerró los ojos. Tren en marcha. El sonido de los pistones, como de maracas metálicas, se fue transformando en silencio. Intentó recordar las palabras exactas que usó para decirle a sus padres, todo había sido tan natural, tan obvio, como si todos ya supieran que se iba. No ese día ni mañana, pero lo sabían. Una verdad más de su persona, como que le encantaba el refresco, salir a dar grandes paseos o que seguía, en secreto, enamorado de Inés.

Recordó un desayuno que tuvo una mañana de domingo. Se le perdía la mirada en el cielo de su vaso lleno de leche. No tocó el pan ni la nata. Su padre lo miraba desde hacía rato, a él también le dolía el estómago. Lo miraba y sentía una pena muy grande, pero también sentía que debía hacer algo, lo único que un padre que quiere y respeta a su hijo puede hacer es hablarle con la verdad, de hombre a hombre, por más difícil que esto sea.

—Manuel, ¿sabes cómo alguien puede saber si la amas? Si la amas de verdad, quiero decir.

—No, no sé.

—Yo sí.

—¿Cómo?

—Es algo que tiene que ver con la espera. Si eres capaz de esperarla, ella sabrá que la amas.

—Entonces la amo, porque siempre la espero.

—Lo sé, hijo.

—Aunque no sé si volveré a verla.

—Cuando se ama eso no importa, sólo se hace, sin esperar nada a cambio, y si nunca llega debes saber que no perdiste nada y te bastará con haber sido honesto contigo mismo —miró de reojo a su mujer.

Su madre los miraba desde el lado opuesto de la mesa. Quiso agregar que lo más probable era que Inés nunca se enterara o, peor aún, que el hecho de que lo hiciera no tendría nada que ver con que ella le correspondiera. Pero se contuvo y siguió mirándolos, primero a Manuel, luego a su esposo, después otra vez a Manuel, y supo por su mirada que él entendía. Decirlo hubiera sido innecesario.

Alejandro iba delante de Manuel y tenía la mirada puesta en su amigo. Pensaba en mariachis, para ser más preciso, en el mariachi de las mil canciones. Recordó una tarde cuando al salir de clases Manuel, Ricardo y Gustavo se reunieron, como lo venían haciendo desde hacía mucho tiempo, para escuchar a Emiliano Morales, su viejo profesor de Historia.

"Bueno, muchachos, dejemos a un lado lo de la guerra en España y la misión revolucionaria del partido. Mejor les cuento una historia." "¡Sí, cuéntela!", dijo Alejandro. "Sí, ¡vale! Que ya me cansé de tanto pleito", apostilló Ricardo.

El profesor comenzó su historia: "Hace algunos años, durante la Revolución, vivía aquí en Guadalajara un doctor muy querido por la gente, no tenía dinero ni propiedades, pero nunca le negaba su ayuda a quien tocara la puerta y nunca cobraba, él aceptaba lo que la gente quisiera darle. El doctor atendía a todo tipo de personas, desde ricos hacendados o diputados hasta los peones más humildes de las comarcas. Además, era muy buen doctor y tenía una habilidad prodigiosa, casi como un don. Un día hubo un enfrentamiento cerca del Zócalo que dejó varios muertos y heridos. El doctor acudió con rapidez, como siempre que se enteraba de los altercados. En la noche, cuando regresaba a su casa exhausto, notó que alguien lo seguía. A unos treinta pasos tras él caminaba con dificultad un hombre herido de bala en el abdomen. Jadeaba y arrastraba los pies, la sangre escurría por sus pantalones empapados. El doctor acudió en su ayuda y lo llevó hasta su casa, donde tenía su pequeño consultorio, allí lo atendió y al saber que no tenía a dónde ir ni quien lo cuidara, decidió atenderlo hasta que se restableciera en caso de que lograra salvarle la vida. En medio del dolor y la fiebre, el hombre, de nombre Juan, le preguntó preocupado cuánto sería por sus servicios. El doctor le dijo: Una cita con Clara Bow, el hombre le preguntó si hablaba de la actriz y el doctor respondió afirmativamente. Imposible, le contestó el hombre. Entonces no es nada, siguió el doctor. El hombre dijo: Doctor, y el doctor repitió con firmeza: Si no es ella entonces nada, nada más me interesa, usted no se preocupe, yo lo cuido, pero si me entero de que conoce a Clara y me lo ha ocultado, yo mismo lo mato y le aseguro que puedo ser sádico. El hombre alegó antes de caer dormido: Antes del ejército yo era mariachi, si usted me salva le cantaré cien canciones, no, mil canciones; no conozco a Clara Bow, pero tengo palabra.

”Pasaron los días, las semanas, y los enfrentamientos se fueron haciendo cada vez más frecuentes. El doctor casi no estaba en su casa, pues se la pasaba yendo a auxiliar a los heridos. Pasaron varios días sin que el doctor regresara a su casa. Juan, quien todavía estaba recuperándose en casa del doctor, se asomaba a menudo y preguntaba por él a todo el que pasaba. Al cuarto día se enteró de que lo habían asesinado en un fuego cruzado. Al sexto día pudieron rescatar el cuerpo y se hizo un funeral donde cientos de personas pasaron a dejarle flores, como eran tiempos de guerra, estaban prohibidas las grandes concen-

traciones de gente. En verdad que era muy querido el doctor Ju-
venal Hernández. Tiempo después, a medio día llegaron de la
nada cinco hombres al camposanto y se pusieron a cantar, estuvieron así, cantando sin parar, una canción tras otra."

"¿En serio?", preguntó Manuel.

"Fueron exactamente siete días de música. Yo estuve ahí
porque una tía muy querida y mi hermana están sepultadas cerca del doctor. No pararon. Si uno se cansaba o necesitaba comer,
se turnaba con otro y los demás se las arreglaban, pero la música
nunca se interrumpió. Al séptimo día la cara de Juan se terminó
de descomponer y bajó la guitarra. Se sentó sobre la tumba de su
benefactor y sollozó, primero en silencio, luego sin importarle.
Sus amigos dejaron de tocar y desviaron la mirada, apenados. Yo
alcancé a ver en la cara de Juan la tragedia que significa que las
gracias se te echen a perder y se te convierten en remordimiento.
Eso era lo que tenía Juan, lo que había empezado como un gran
gesto vivaz y alegre, terminó con un inmenso vacío con el que no
podía. Me compadecí de él y me les acerqué, los invité a pasar la
noche en mi casa, todos tenían la garganta y la boca entumidas,
aquella vez fue la primera que me emborraché con unos mariachis que no hicieron escándalo."

Ricardo iba sentado al lado de Alejandro, frente a Gustavo.
Su mirada seguía cada cosa que dejaba el tren por la ventana. Un
árbol, dos árboles, tres árboles, un poste descarapelado, montañas, paisaje mexicano. Intentaba distraerse porque no podía
dejar de pensar en Luz, la hermana de Manuel. Era su secreto
y lo único que lo separaba de sus amigos. Estaba perdidamente enamorado desde aquel día en que lo invitaron a comer a su
casa y apareció ella, tan alegre, tan pura, un sol que se sienta a la
mesa. Nunca lo dijo y ahora menos podía hacerlo, pues no quería
ni imaginarse la reacción de su amigo, y mucho menos que pensaran que la única razón por la que había hecho el viaje con ellos
era solamente para estar cerca de ella y no la misión que todos
juraron cumplir. Él creía en el plan, en sus amigos, en Emiliano Morales, el viejo profesor de Historia que los había reclutado,

pero no podía evitar pensar en ella, menos ahora que estaría viviendo en la misma ciudad a la que se había ido hacía un par de años. Nadie puede culparlo. El tren sigue en marcha.

Gustavo mantenía su sombrero contra el estómago y veía al techo, lámina pintada de amarillo. Pensaba en las historias que contaban de su padrino, Catarino Martín, mejor conocido como *Carajo le vale*, héroe de la guerra cristera que asoló buena parte del país. Era de un pueblo cercano al suyo, Mirandillas, en los altos de Jalisco. Temerario y orgulloso, llevaba todo el día, todos los días, una medalla de la Virgen de Guadalupe bajo la lengua. En los enfrentamientos demostraba carecer de una pizca de instinto de supervivencia. Simplemente aparecía, con el pecho bien abierto y la frente en alto, y disparaba: pum, pum, pum.

Sus compañeros decían: "¡*Carajo*, le vale madres!", de ahí se le quedó el apodo de Carajo le vale. Cuando le preguntaban en qué creía, respondía que él creía en Dios y no en la muerte, e increíblemente sobrevivió a la guerra. En Guadalajara era famoso porque una vez, cuando traía correspondencia estratégica al general Enrique, líder del ejército cristero, supo que estaba siendo seguido y le esperaba una emboscada. Al pasar por una iglesia decidió meterse y se hincó frente al altar, los soldados lo encontraron y parecía que rezaba fervientemente y entre burlas decidieron dejarlo terminar.

Lo que no sabían era que Catarino no rezaba, sino que se estaba comiendo las cartas a toda prisa. Cuando se puso de pie y salió a que lo apresaran, le preguntaron entre risas si le había servido de algo el rezo, a lo que él sólo respondió que sí y mucho. A Gustavo le venía a la mente cuando Catarino lo llamaba de lejos y con pistola en mano le decía: "A ver, muchacho, vaya usted por mi compadre y dígale que se venga a tomar unos alcoholes conmigo". El compadre de Catarino era su tío, Victoriano el *Catorce*, compañero de armas. Durante la guerra se hizo muy conocido y nadie sabía a ciencia cierta por qué lo apodaban el Catorce. Su madre decía que era porque cuando era niño y cuidaba las vacas, llegaba la hora de apartarlas y le preguntaban: "¿Victoriano, cuántas vacas tienes?", él respondía: "catorce". Luego le decían: "¿Y cuántas vacas te faltan?", a lo que él respondía: "catorce", porque Victoriano Ramírez sólo sabía contar hasta catorce.

Su padrino Catarino, por otro lado, contaba que una vez cuando acampaba cerca de San Miguel el Alto, el comandante de la zona, enterado de que viajaba solo, envió quince soldados. Victoriano enfrentó a los quince y mató a todos menos uno, luego juntó sus armas y se las entregó al que quedaba con el siguiente mensaje para el comandante: "Dile a tu jefe que a la próxima no envíe tan poquitos".

Cuando se había despedido de todos en su casa y Catarino le salió al camino preguntándole a dónde iba, Gustavo le respondió: "A luchar por los obreros y la justicia, padrino". A lo que éste respondió: "¡A su madre! A todos nos toca luchar por algo, ¿qué no? Tenga, hijo, es una 32, le va a hacer falta", y le puso en la mano su propia arma, una Colt que brillaba bajo el sol sacando chispas. Por eso mantenía su sombrero contra el estómago, porque ahí la llevaba escondida envuelta en un paño de tela roja.

El tren seguía en marcha.

III

Cuando Manuel llegó a la Ciudad de México, quedó deslumbra-
do. Todo era más grande y la enorme cantidad de calles entre-
lazadas lo confundía y le hizo recordar a su abuela tejiendo en
medio del pasillo. Sintió que la ciudad era un gran suéter desco-
munal en cuyo tejido, si no se ponía cuidado, sería fácil perderse.

Después de la impresión sintió un dolor en el pecho y un
temor que le hicieron pensar varias veces en regresar. Tanto
movimiento, tantas personas cruzando las avenidas, llenando
las calzadas de miles de cabezas que no se paraban a decir ni
un "buenos días". La pena de dejar a sus amigos que lo habían
acompañado, sin embargo, fue más grande que su angustia y se
decidió por algo más sencillo y menos vergonzoso, un escape diminuto que nadie se atrevería a llamarle cobardía: escribiría a
sus padres todas las veces que le fuera posible.

México, 13 de agosto de 1934.

Papá y mamá:
Ayer domingo fuimos a comer a la villa que hoy llaman Gustavo Madero, pero que de todas maneras la gente seguirá co-
nociendo como Villa de Guadalupe. Bueno, pues fui, como les
decía, por mi hermana Luz y por Ernesto. Tomamos el tren y

llegamos después de media hora de caminar. Los domingos es aquello sumamente típico y por lo tanto muy pintoresco, pues parece una feria en la que...

No quería preocupar a sus padres, ni que pensaran que la gran ciudad lo había asustado, por eso escogió, fingiendo naturalidad, escribir cubriendo el espanto con asombro.

Como ellos, estampada en su sayal, y con un semblante de madre que cuida y mucho ama a sus hijos tan queridos por ella, y entre aquel tumulto de gentes devotas parece oírse a cada instante, con gritos que repercuten hasta el infinito, peticiones muy justas para que ampare a éste su México de ensueño y le dé ante todo paz y prosperidad. El espectáculo es grandioso y grandioso es el lugar, nada menos por ser el elegido de la Virgen del Tepeyac. ¡Loar a la *Madonna* Morena!

Cuando escribía, cada admiración o pasaje emocionante estaba a unos pasos de decir simplemente que los extrañaba y quería regresarse.

Bueno, y siguiendo, como les decía, llegamos a la casa de los primos. Ellos son muy buenos, como ustedes ya saben. Hasta ayer conocí a Manuel, Luis y al otro, que creo se llama Rafael. Son muy atentos e instruidos. Me vieron muy bien, claro, pues a pesar de todo, siendo yo provinciano no estoy tan tonto, que digamos nos pasamos muy agradable todo el rato, o para mejor decir, aquella parte del día nos venimos como a las cuatro, alegres, contentos, como tenía que ser, en medio de una llovizna agradable, llegando a México bajo los auspicios de San Isidro Labrador.

En la Villa les mandan muchos saludos y tienen ganas de verlos. Ojalá sea pronto, ¡eh! Saludos también de Ernesto y Luz.

Pero al final sí tenía una buena noticia que dar, algo sincero y esperanzador en medio de tanta palabra forzada.

Desde esta semana voy a ir a trabajar a un taller de pintura y escultura que tiene la Secretaría de Educación. Voy a apurarme mucho por hacer algo en esta rama del arte que es muy bella e interesante, ¿verdad? Eso, como ven, por lo pronto, para aprovechar el tiempo que al fin y al cabo "el tiempo es oro". Les vuelvo a repetir que no tengan pendiente de mí pues estoy muy a gusto en casa de mi tía y no dejo mis obligaciones religiosas.

Ya les avisaré del resultado de mis trabajos.

Pero al llegar al final y estar forzado a despedirse, un ligero temblor debajo de sus labios le advertía que debía parar o correría el riesgo de salpicar la hoja con alguna pista que lo dejaría al descubierto.

Saludos de toda la familia, en especial de mi tía Clotilde y mi tío José, que tienen ganas de verlos pronto también por acá.

Salúdenme a todos: tío Chema, mamá María y abuelo y a todos los demás en general. Y de mí para ustedes un abrazo muy fuerte de su hijo que tanto los quiere. Y otro abrazo para ustedes. Como dice la abuela, ¡los abrazos nunca sobran!

La tía Clotilde vivía en la colonia Roma con su esposo. Luz, la hermana de Manuel, vivía con ellos desde hacía años. Manuel dormía en la sala sobre un sillón y siempre que podía se sentaba en una esquina y escribía a sus padres, unas cosas sí y otras no, como que acababa de afiliarse, junto con Alejandro, Ricardo y Gustavo, al Partido Comunista de México.

Adiós,
Manuel

IV

Emanuel Palacios, también militante, fue el primer amigo de Manuel en la ciudad. Gracias a él consiguió trabajo en un taller de pintura y escultura de la Secretaría de Educación. Los jueves, cuando salían del trabajo, iban a las reuniones del partido. Ahí los más grandes conversaban con los recién llegados, impartían cátedra, enseñaban autores y hablaban de lo que se debía hacer. Los cuatro pasaban horas enteras escuchando y estudiando, después todos se iban a sus casas en medio de la noche.

A Manuel le gustaban las jacarandas de la calle de su casa. Sus raíces eran tan grandes que asomaban a través de las banquetas. Su tía le explicó que éstas eran especiales porque florecían en verano y no en otoño como el resto. Le dijo que muy pocos conocían la historia de las jacarandas en México, pero ella la sabía porque una de sus amigas fue vecina, hace más de veinte años, de un hombre llamado Tatsugoro Matsumoto. Él fue un maestro del arte legendario de la jardinería japonesa. El gobierno de Perú lo mandó traer a América para hacer varios jardines en la capital de aquel país. Ahí conoció a un gran hacendado mexicano que, encantado con su trabajo, lo recomendó para que trabajara para el gobierno de Porfirio Díaz. Cuando llegó a México quedó tan maravillado que decidió quedarse a vivir. Viajó a Japón, vendió sus cosas y le dijo a su esposa y a sus hijos: "Regresaré cuando haga fortuna". Nunca volvió por ellos, enloquecido por lo que vio en México, olvidó a los suyos y echó raíces nuevas aquí. En su casa ya tenía por entonces varios de esos árboles que había llevado primero de Brasil a Perú, luego de ahí a México. Pasaron los años y construyó hermosos jardines como el del Castillo de Chapultepec, donde utilizó con éxito las mismas jacarandas que conoció en Sudamérica. Sin embargo, con el tiempo se dio cuenta de que las que tenía en su casa florecían a destiempo, además, de ellas brotaban flores de un azul muy profundo. Creyó que era un recordatorio de la familia que dejó en Japón y por la cual nunca volvió, por lo que lleno de pena decidió deshacerse de ellas, taló los árboles y los desechó. Cuando se los llevaron de su casa al tiradero dejaron un reguero de flores por las calles por las que pasaron, incluida ésta. Para infortunio de Matsumoto, todas esas flores germinaron y se convirtieron en éstas que ves, que siguieron floreciendo a destiempo con flores de un color azul muy profundo, dejando como testimonio que un hombre abandonó a su familia y rompió su palabra.

Ella decía que esa historia le parecía aterradora y que prefería simplemente pensar que a estos árboles les gustaba más el verano que el otoño y así lo demostraban. Lo que Manuel sabía era que le gustaba caminar por la calle repleta de flores azules, que le recordaban las oraciones dulces del padre cuando iba a misa, y también las manos pequeñas de Inés cuando las tomaba. Mientras caminaba, Manuel aspiraba el perfume húmedo de las jacarandas y se sentía como cuando era niño y miraba el cielo sentado en el pasillo de su casa. Entonces nada le asustaba, no como ahora que sentía a ratos que su corazón comenzaba a perder el ritmo.

Cuando Manuel salió de su trabajo, lo esperaban Alejandro y Ricardo. Ese día no hubo reunión y decidieron pasear por el Zócalo. A las cuatro de la tarde, la explanada estaba en silencio y en el cielo sólo había una nube que cubría el sol y hacía de tragaluz. Los tres sentían que venían de un pueblo muy pequeño al caminar por las calles del centro de la ciudad. Los grandes edificios con sus ventanales y puertas enormes contrastaban con las casas en su memoria y las empequeñecían en sus recuerdos. Cruzaron la plazoleta del Palacio de Minería y al doblar la esquina se encontraron con Carlos.

—¡Buenos días! ¡Pasen! —les dijo un hombre gordo y amable que llevaba un suéter verde.

Carlos también venía de Guadalajara. Tenía una carreta repleta de tréboles de cuatro hojas. Los tres sabían muy bien lo que eran y lo raro que era encontrar uno solo en el campo. A Manuel le recordó aquel lote baldío en donde solían jugar a las escondidas. Una vez llegó a encontrar uno al pie de las paredes inconclusas que salían por entre los matorrales. Se preguntó si Inés recordaría que se lo regaló esa misma tarde.

—¿De dónde sacó tantos? —preguntó Alejandro.

La historia de los tréboles era la historia de la vida de Carlos. Cuarenta años atrás decidió vivir fuera de su casa, cuando tenía 20. Trabajaba en un taller a las afueras de la ciudad y cuando le dijo a su madre que se iba, ambos lloraron. Después, le dio su bendición y le pidió que se llevara lo que más le gustara de la casa. Esto fue fácil porque siempre le había gustado el gran macetón repleto de tréboles que tenía en el jardín. Se lo llevó como pudo a su nuevo hogar, un pequeño cuarto en una vecindad a las afueras del centro. Pasó poco tiempo cuando una vecina fue a darle la bienvenida, se llamaba Rosario y era cubana, después del primer abrazo sus ojos se fijaron en las plantas. Quedó maravillada de tantos tréboles, pues si uno solo era de buena suerte, en esa mata enmarañada debía haber una fortuna incalculable.

"¡Pero qué cosa tan extraordinaria! ¿A cuánto me vende uno, muchacho?", soltó de tajo la cubana. Carlos, sin saber si estaba bromeando o hablaba en serio, dijo cualquier precio, uno muy alto, para probarla. "Está bien, mi Carlos, ¡ahora mismo te traigo una maceta y me lo acomodas!". Así fue como todo inició y Carlos quedó sorprendido de la facilidad con la que había hecho un dinero igual al de cinco días de trabajo. Después de haber trasplantado el primer trébol a la macetita de la vecina, se puso a observar el macetón con los brazos en la cintura. Se quedó unos minutos así, mirando hacia abajo, y con cara de quien ha descubierto algo que no comprende del todo. Tomó aire y exhaló, entonces decidió que el trabajo en el taller no le gustaba tanto y renunció al día siguiente. Con el dinero que tenía compró macetitas rojas, tierra, y se puso a trabajar.

—Les voy a decir un secreto, pero es un secreto —les dijo Carlos en voz baja.

—A ver, díganos, señor Carlos —respondió Alejandro.

—Todos piensan que los tréboles son sólo plantas o hierbas, pero se equivocan...

—¿No son plantas? —inquirió Manuel entrecerrando los ojos.

—Los demás tréboles sí son plantas, como las que crecen en todos lados, pero estos tréboles que yo tengo no son plantas...

—¡Aaah...!

—¡Son flores!, ¡flores verdes! Es verdad, estos tréboles de cuatro hojas son flores, nunca florecen porque ya son flores, es decir, siempre están en flor, todos los días, por eso son de tan buena suerte.

—¿Es en serio? En clase nos enseñaron que las plantas florecen, no que las plantas son flores al mismo tiempo... —dijo Ricardo.

—No, no, no..., ya lo sé, ya sé que piensan que es imposible, pero deben confiar en mí. Estos tréboles son flores, flores verdes, es más, les regalo este pequeñín, van a ver que, a diferencia de los demás tréboles, a éste nunca le saldrán flores porque ya es una. Tomen, tomen.

De regreso sortearon quién se iba a quedar con el trébol y ganó Manuel. Al pasar por la calle de su casa, río de jacarandas, sintió el delicado peso de la maceta de barro que tomaba por los bordes con sus dedos, una flor inmarcesible.

V

Aunque Manuel solía ser un buen observador para ciertas cosas, también podía suceder que lo más evidente podía estar pasando frente a él sin darse cuenta. Alguien que hubiera estado un poco con el grupo, al leer sus cartas, se habría preguntado por qué decidía ser tan indiferente. Tal vez pensaba que ese tipo de cosas no podía contárselas a sus padres, lo cual era cierto la mayoría de las veces, o que prefería no meterse en asuntos tan íntimos, lo que no era verdad pues sí le gustaba, finalmente, y es lo que más ocurría, que sencillamente no se daba cuenta, como en esta ocasión.

México, 3 de septiembre de 1934.

Papá y mamá:

Por medio de Luz supe que iban a venir Esther, Fer y Eva. Qué bueno que al fin se les va a hacer a las chiquillas su paseada; ya procuraré yo de cualquier manera pasearlas en cuanto sea posible, porque ahora sí estoy un poco ocupado en el taller. Mi tía Clotilde ya supo también y le dio mucho gusto, lo mismo que a Lola. Las esperamos en ésta su pobre casa. Avisen a tiempo el día que se vengan para ir a esperarlas.

Alguien que había sido muy solícita con el nuevo grupo de amigos recién llegados fue Luz. Atrás quedaron las diferencias abismales causadas por tan sólo unos cuantos años. Ahora que estaban de nuevo juntos en la ciudad, y aunque Luz de todas formas portaba una estampa de señorita madura y distante, tenían oportunidades de reunirse y pasarla bien. Quien recordaba ese día con mayor intensidad que todos era Ricardo, pues aquella fue la primera vez que pasó tanto tiempo junto a la hermana de Manuel. Estaba extasiado.

Ahora les voy a describir más o menos mis impresiones del día que fuimos a conocer el Palacio de Bellas Artes. Ya ustedes lo conocen por fuera que es precioso, ¡ay!, pero por dentro es una maravilla. A nosotros nos tocó la buena suerte de irlo a ver porque fuimos con Emanuel Palacios, que trabaja en la Secretaría de Educación y está muy bien parado allí. Bueno, empezaré: fíjense que el interior está lujosísimo, la luneta es de puras sillas acojinadas con terciopelo rojo (lo mismo que la "gallera" como nosotros decimos). Nos sentamos para observar: había muchos turistas, así que para que ellos se llevaran una buena impresión, empezaron a encender todos los colores, puesto se veía aquello rojo como que estaba uno en el infierno, puesto verde o morado, o azul, o plateado.

Cuando Ricardo apareció todos lo estaban esperando afuera del Palacio. A unos pasos de llegar con el grupo vio que Luz estaba justo detrás del hombro izquierdo de Gustavo, platicaba con Emanuel Palacios, quien la miraba con una mezcla de complacencia y movía la cabeza asintiendo.

Su respiración se agitó y ya tenía las manos húmedas. Apretó la mandíbula y se acercó decidido a actuar con aplomo y familiaridad mientras se secaba las palmas como si se estuviera sacudiendo el suéter. Saludó a todos jovialmente dándoles un abrazo y sonriendo con seguridad en sí mismo, y cuando llegó el turno de saludar a Luz, se quedó rígido y sólo atinó a decir: "*¡Hola, Luz!*", y desvió la mirada, sin dejar de sonreír, buscando con urgencia a alguien más a quien saludar, pero ella era la última. Emanuel, el más grande de todos, salió al rescate, le puso el brazo izquierdo alrededor del cuello y dijo: "*¡Hay que apurarnos!*".

Bueno, en fin, una tonalidad de colores que yo estaba maravillado, claro. Los gringos estaban con la boca abierta y muchos casi se asustaron. Enseguida se subió el telón de cristal donde están las efigies del Iztaccíhuatl y del Popocatépetl y entonces fue lo fantástico, que al menos así me pareció, pues en el fondo del foro se proyectaron las luces de colores con un matiz nunca visto, acompañadas por el grandioso órgano que comenzó a tocar.

—*¿Sabías que los tréboles son en verdad flores?* —le susurró Ricardo. Luz, despertando de la emoción de la música que vibraba por todo el edificio, no pudo comprender lo que decía.

—*¿Cómo, Rico?*

—Sí, Luz, los tréboles son realmente flores; parecen cualquier hierba, pero son una flor en realidad.

—¡Oh!, ¿en serio? —respondió Luz fingiendo sorpresa.

—*¡Sí!, nos lo dijo un experto en tréboles que lleva toda la* vida vendiéndolos en el centro. Bueno, en realidad no todos los tréboles lo son, sólo unos que tienen cuatro hojas. ¡Los tréboles son flores que nunca se marchitan!

—*¡Rico, eso suena muy bello!, no lo había pensado nunca, ¿es en serio?* —y se sintió un poco incómoda porque días antes su hermano se lo había contado y hasta le enseñó uno.

—Es en serio —le dijo Ricardo, lleno del placer de tener la atención y el asombro de Luz—. Mira, te he traído uno, Luz, es para ti —le entregó una pequeña maceta decorada con un listón amarillo, en medio, un pequeño y hermoso trébol de cuatro hojas. Luz lo tomó, ahora sí sorprendida, y toda esa incomodidad se transformó en un calor delicado que la envolvía desde adentro y que la hizo sonrojarse. De pronto, lo que le dijo Ricardo resonó en su cabeza como si antes Manuel no le hubiera dicho nada y estuviera escuchando sobre los tréboles por primera vez en la vida.

Enseguida pasamos a ver los demás departamentos, el salón de baile, la sala de arte, el salón-cine, etcétera, todos estos preciosos, pues tienen todo lo indispensable para el confort y el lujo. Las lámparas del salón de baile, que fue en lo que me fijé bien, son portentosas, como soles de cristal y de un tamaño monumental. La cúpula del teatro es muy bonita por el interior, por el exterior a mí no me gusta. Bueno, si me pusiera a detallar tanta cosa creo que no acabaría muy pronto; dejemos la cúpula y pasemos adelante pero seguido nos introducimos..., mira, yo no sé ni por dónde, el caso es que fuimos a dar hasta la azotea del teatro donde hay sillas y mesas, seguramente para tomar refrescos o algo más. Dichas azoteas son una especie de terrazas desde donde se ve todo México y hasta el horizonte puede marcar el límite.

Luz tomó una actitud totalmente distinta hacia Ricardo, a quien ofreció pequeñas muestras de ternura en todo momento. Cuando Emanuel decidía que había sido suficiente tiempo en un sitio y había que caminar hacia el siguiente, Luz lo jalaba ligeramente del brazo como si temiera que se quedara rezagado. Cuando Emanuel señalaba algo en lo que valía la pena fijarse, ella le susurraba y le daba pequeños empujones en dirección a lo que debían observar. Ricardo no se tomaba tiempo para pensar acerca de nada. Sólo se dejaba llevar, y si cualquiera lo hubiera visto, es decir, todos menos Manuel, pensarían que era la persona más feliz que había en el Palacio de Bellas Artes. Y eso era mucho decir, pues Manuel parecía extasiado en medio de tantas cosas que lo asombraban.

Bueno, creo que ya debemos bajar, al poco rato nos encontramos en la entrada del teatro, allí los mármoles son los que juegan el papel principal. Son de todas clases y colores y parece que no hay mucha armonía entre ellos pero, qué lujo, lujo es lo que se ve en general por todas partes hasta el grado excesivo de que hay muchos sobrantes y, por lo tanto, de mal gusto. Por lo demás, salimos maravillados. Como ven, papacitos, es una joya de todas maneras para México, es decir, una joya muy joya si se me permite decirlo.

Reciban saludos de todos y de su hijo que se acuerda mucho de ustedes.

Manuel

Todo terminó y el camino a su casa transcurrió en ese momento ambiguo entre el atardecer y la noche. Cuando Ricardo regresaba del recorrido, sintió que hubieran dejado abierta la ventana del cielo y se colara el viento desde afuera. A Ricardo, al igual que a Gustavo, no le gustaba el frío, y cuando caminaba tiritando y con los brazos cruzados, sintió una pena que recién descubría. Gustavo, que vivía en la misma casa que él, le puso el brazo izquierdo alrededor del cuello y suspiró: "Sí que es bonita, ¡eh!".

VI

—Me gustan los domingos —dijo Manuel.

—...

—Cuando sales a la calle, aunque no lo supieras, sabrías que es domingo. Es algo que nos uniforma a todos, como cuando íbamos a la escuela y los niños usábamos pantalón, camisa y suéter; las niñas, falda. Si todos los días fuesen domingo, yo creo que no habría países, ni partidos, ni capitalistas ni comunistas, ni fascistas ni liberales, pero eso sí, todos iríamos a misa por las mañanas.

—...

—Y quizá también todos desayunaríamos lo mismo, pan con nata y leche, o café. ¿Ves?, en lugar de pelearnos todos contra todos, deberíamos reformar el calendario.

—...

—¡Todos los días son domingo!, ¡y ya está, la paz!

—...

—Ayer me enteré de que Ricardo está perdidamente enamorado de mi hermana. En su cajón vi un sobre que decía "De Ricardo para Luz".

—...

—Era de hace unos días y era la letra de Ricardo.

—...

—Sí, la comencé a leer, pero me arrepentí y la dejé.

—...

—"Querida Luz, esta carta será un testimonio." Así empezaba.

—...

—Me enojé y sentí vergüenza y al mismo tiempo como si quisiera quitarme algo o me viera la cara. Pero, ¿sabes?, es una buena persona. ¡Además, es nuestro mejor amigo de toda la vida!, con razón estaba tan triste últimamente.

—...

—Me da tristeza porque Luz tiene novio y está comprometida, a punto de casarse y quiere mucho a su novio.

—...

—Antier, Alejandro le preguntó qué tenía y sólo dijo que estaba desvelado.

—...

—Tal vez nos vayamos a Tampico en cuatro meses.

—...

—Dicen que las cosas están agitadas por allá.

—...

—Las petroleras mantienen en condiciones terribles a los trabajadores, inhumanas.

—...

—Y los trabajadores no están bien organizados y todos andan por su lado y cada quien con su pequeño sindicato.

—...

—Hay tantos sindicatos como empresas y están divididos, por eso vamos, para ayudar en la organización.

—...

—Es el primer trabajo serio que nos encomiendan en el partido.

—...

—Me gustaba mucho cómo te veías con el uniforme.

Aunque Inés se había ido, Manuel seguía hablando con ella, pero ese era su secreto.

VII

A Manuel le gustaba subir a la azotea y acostarse. A veces se llevaba algunas hojas en blanco y escribía notas para un diario que no completaba porque las perdía o terminaba haciendo barcos de papel con ellas. Cuando su propio cuerpo lo traicionaba y se encontraba sin ganas de escribir, se quedaba quieto y sin hacer ruido, como si no respirara. Las azoteas le parecían una parte del mundo que la gente aún no había descubierto, consideraba que después de tantos años de vivir a ras de tierra ha pasado de largo que cada techo, por más alto que sea, es también el suelo de Dios. A Manuel le gustaba sentir el cemento recalentado por el sol a mediodía, barco de papel, mar en calma.

Después de un rato, se quedó dormido. Soñó que abría los ojos y veía un cielo más cercano. Las nubes se estaban formando, pensó que quizá había otro mundo aparte de éste. Uno que, sin ser el cielo de la Biblia, era el mundo de las nubes; una tierra, pero más ligera. ¿Cómo serían los que viven allá arriba?, se preguntaba, y si sus cuerpos estarían hechos de luz y vapor de agua. Si la geografía del aire cambiaría de una hora a otra y generaciones enteras de personas ultraligeras nacerían y morirían en cuestión de segundos. Toda una vida en un momento, amistades y noviazgos, guerras y tiempos de paz, gobiernos y países de aire, épocas marcadas por el sol de la mañana o por los destellos de la luna por las noches. Manuel imaginaba si esas personas cuyos cuerpos apenas existen tendrían más inclinación por la alegría.

¿Serían tristes las lluvias, un mundo que se disuelve? Un relámpago, el látigo de Dios molesto, la primera trompeta del fin de los tiempos. La lluvia entonces cobraba un sentido más importante del que nunca tuvo. Sería el recuerdo de una historia que acaba, las lágrimas de un mundo que ha terminado.

Manuel pensaba y hablaba con Inés en un diálogo callado.

—*¿Así le pareceremos a Dios, que vive en la lentitud de la eternidad del paraíso?* Si fuéramos seres cuya vida transcurre en un instante, ¿qué alegrías y qué tristezas se llevarían las personas de agua y de luz, distintas a las hechas de polvo? Por eso —afirmaba Manuel—, la gracia de Dios es inmensa porque podríamos ser cosas insignificantes para Él, y a la vez tan bellas como las nubes para nosotros, y así nos ama.

Así fue un día, el último en mucho tiempo, en que Manuel soñó con Dios.

VIII

México, 25 de diciembre de 1934.
Papá y mamá:

Profunda pena me causó saber su decisión y verdaderamente no hallo recursos para expresarlo todo, como les digo, sinceramente fue un dolor muy fuerte tanto para ustedes como para mí. Ya antes les había dicho que las realidades son durísimas y ahora más que nunca. Me doy cuenta de ello y ya empiezo a sentirme inmensamente solo. Pero qué hacer. Tarde o temprano así tenía que suceder. Tengo tan presentes todos sus consejos, que Dios si quiere me detenga y ojalá que me cerciore de mis errores, que todo lo que ustedes me dijeron respecto de mis amigos y nuestro plan sea lo justo, en todo esto que es tan terrible, voy a verlo y palparlo.

Como les digo, me siento muy solo y apenado con ustedes. Me encuentro frente a la vida desnuda, sufrible, con todas sus terribles asperezas, y espero el castigo y el perdón de ustedes.

Su hijo que mucho los quiere.

Manuel

De alguna forma, los padres de Manuel supieron de la razón verdadera de su viaje a la capital: su afiliación al Partido Comunista de México. Le escribieron con enojo y avergonzados. Aunque Manuel rompió esa carta, nunca olvidó lo que decía. Esas palabras, que nadie leyó más que él, las llevaría a escondidas y con dolo. Cada vez que la soledad le apretaba el corazón, Manuel subía a la azotea a hablar con Inés.

Aunque ella se hubiera ido.

CAPÍTULO 4

I

1935. Al otro lado del mar, Neruda terminaba *Residencia en la tierra*. Picasso seguía sin saber que pintaría el *Guernica*. *Lázaro Cárdenas era* el nuevo presidente de México y en España se seguía palpando la guerra, cada vez más cerca.

Manuel Zavala tenía 18 años.

Manuel sentía que su corazón perdía el ritmo y su trébol aún no daba flores, porque ya era una.

II

Casi todo lo que ocurrió en Tampico estaba empapado de contradicciones y cosas nunca antes vistas. Comenzó con la primera carta que recibió de sus padres después de varios meses de un silencio que lo mantuvo con profunda tristeza.

Tampico, 10 de mayo de 1935.

Mamá:

Recibí tu carta, sólo te diré que me hiciste sentir feliz de nuevo, yo estaba en la creencia de que ustedes estarían indignados y, por lo tanto, sin ganas de comunicarse conmigo, pero por lo visto entiendo que aún se preocupan por mí, y lo bastante, y eso me reconforta.

Por primera vez Manuel pudo desahogarse y contarles cosas que antes no hubiera escrito.

Creo, y no se me olvida, que tengo padres, y que ellos me quieren. Lo que lamento es que no me han comprendido ni hay esperanzas de que me comprendan, y ahora muchísimo menos, ya que existe un inmenso abismo entre ustedes y yo, y cada día es como si se volviera más profundo. Todo lo que me dices, mamá, es el efecto de tu misma incomprensión para conmigo. Reconozcan, admítanlo, que estamos muy distantes desde hace tiempo. Tengo que confesarles algo, con un gran dolor en mi corazón, yo ya no pienso en la misericordia divina.

Sentía un enorme consuelo desahogarse después de aquella carta que tanto le había dolido.

Toda o la mayoría de tu carta no ha supuesto para mí más que afianzar mis nuevos conceptos y no han hecho sino corroborar mi seguridad ante la debilidad de las viejas razones. Yo tengo un nuevo concepto de la vida, mientras ustedes continúan aprobando y creyendo (como creía yo poco antes) cosas que en el fondo son inaceptables. Temo no saberme hacer explicar, aún más, creo que se indignarán ustedes, pero tengo la satisfacción de haberles hablado con franqueza y claridad.

Tu imaginación efectivamente está un poco en lo cierto en lo que aludes a sufrimientos. Los he tenido tanto materiales como del espíritu, pero son sufrimientos que más tarde darán sus frutos, forjarán en mi persona un carácter disciplinado y fuerte que se ligará con mi labor de orientación hacia la clase trabajadora.

Después del desahogo volvió de inmediato la alegría de estarles escribiendo y, como de costumbre, les escribía sólo una parte muy pequeña de todo lo que pudo haber contado.

Mis relatos respecto a Tampico serán trazados con pretensiones de agradarles a ustedes y procuraré hacerlos lo más amenos posibles. Verán. Llegué a este puerto el día último del año 1934, empezando a vivir la vida de Tampico desde ese momento. Me pareció desde luego el ambiente que podría expresarlo así: por un lado, olor a miseria, a suciedad; por el otro, olor a perfume, a comodidad.

—Voy a extrañar a Alejandro.

—...

—Mucho...

—...

—Pero, ¿sabes?, ahora entiendo que el futuro es un deber y no una traición.

—...

Introduzcámonos en él. Lo primero que hice fue bajarme del tren y andar calles más bien desconocidas para mí, después de dar con el domicilio de los muchachos a los cuales tributamos, desde luego, un caluroso saludo (y vaya calor que sentíamos) y ellos nos obsequiaron sabrosas y chispeantes *huapillas* (estas *huapillas* son una especie de refresco embotellado, hecho con una fruta especial así llamada, es lo típico por estos lugares). Me encantan los refrescos, se siente como tener la boca llena de chispas. La casa, es decir, nuestra casa, la componían dos cuartos, uno grande, en el que habitábamos, y otro dedicado a los *tiliches*.

—En el fondo sentí que nos traicionó a todos, no sólo al partido, sino a nosotros que juramos siempre estar juntos.

—...

—Pero creo en él, y sé que el futuro que haya pensado o visto es también un deber, me doy cuenta de que los amigos no nos pertenecen en absoluto, sin embargo, nosotros les pertenecemos para siempre.

—...

La primera noche de sueño se fue como agua: mucho platicar, muchos, muchísimos chistes nos sostuvieron de par en par los ojos, hasta que se agotaron los chistes y nosotros. La vida al día siguiente nos rindió homenaje de alegría y extrañeza. Conocimos pronto, cuando menos, el ambiente de la población. Transcurrió el día y así el siguiente, la semana, el mes. Los muchachos trabajando cuando podían (me refiero a Gustavo y Ricardo), Alejandro y yo dedicándonos a buscarlo, búsqueda inútil, por lo numeroso de letreritos como este: "No hay vacantes". Esto empezaba a aburrirnos de una manera atroz, enfado que se manifestó por la actitud de Alejandro y nos nació el deseo de salir lo antes posible de tan "inmundo pueblito". Pronto y muy reservado, él logró su cometido. Un día de tantos nos dijo que se iba a Cuba y nosotros le dijimos que estaba bueno, asunto concluido. Llegó el día de su salida y se fue dejándonos únicamente un recado en el que nos prometía escribirnos pronto y demás. Hasta la fecha no hemos sabido de él, ¿quién sabe? Le deseo lo mejor a nuestro gran amigo.

—Al contrario, tenemos que apoyarnos porque aunque se vaya, siempre seguirá siendo nuestro amigo y con mucho cariño. —...

Rico (Ricardo), Gustavo y yo somos en suma los que quedamos de aquel grupito famoso que salió de una ciudad, Guadalajara, rumbo a Europa, con miras a hacer algo de valor para el mundo en el que creemos. Y qué pronto ese grupo se sacudió y abrió los ojos en cuanto salió de su cascarón y no permitió el desarrollo de tendencias, fuera de su línea marcada. Fue por eso que nos hemos roto, quedando en una parte, tres, y en alguna otra parte, uno.

—Por fin conocí el mar, Inés.

—...

—Es tan bonito...

—...

—Es un cielo revuelto, pero aquí abajo, el cielo que sí podemos tocar, igual de grande e incomprensible que el de arriba. Me hace pensar en ti.

—...

Miramar es la atracción máxima en el puerto, se puede ir en tren, tranvía o coche, el espectáculo es fuerte y grandioso (digo, el espectáculo del mar), la playa muy amplia y llena de gentes por todas partes. Éste ya es otro espectáculo más bello si se quiere aún, todo depende del gusto particular de cada ciudadano: chicos y grandes, gordos y flacos, sexo fuerte y sexo débil en perfecta pantomima parecida a la acuática que los circos acostumbran a exhibir en función popular, cosas de la naturaleza diría yo, como para ver, oír, y callar.

—Te extraño...

—...

Hay, sin embargo, una cosa atractiva y es la sensación agradable o desagradable del baño de sol, de agua salada en medio de tiburones humanos y ¡tiburones de verdad!, con sus consecuentes embarradas de "chapopote" que deja a las gentes como salidas del infierno. Este embadurnamiento se quita a pesar de todo a pellizcos y con los dientes que la muchedumbre se aplica agitada y bondadosamente. Las personas "bien" visten de blanco y las "no bien" también, con el pretexto de no requemarse. Miramar es el lugar de reunión del pueblo tampiqueño y es también un lugar para palpar las diferencias entre todas las clases sociales.

Y luego sintió del golpe la necesidad de contar algo que todavía no acababa de entender del todo. Era algo extraordinario que, sin embargo, no se atrevía a contárselo ni siquiera a él mismo. A veces, cuando Manuel regresaba a su casa y pasaba por el malecón, veía a una señorita sentada sobre la arena. Muy concentrada, dibujaba en un cuaderno muy grande. Un día, Manuel decidió acercarse.

La ciudad de Tampico en pleno vigor se me figura un lago inmenso cortado por tiras de tierra, y tan sudoroso en verano como sudoroso en invierno. Vendedores de leche y de queso con sombreros dorados ocupan las calles de aquí para allá.

—Hola, ¿qué haces? —preguntó Manuel.
—Buenos días. Dibujo —respondió la señorita.
—¿Y qué dibujas?
—Una concha, mire.

Mamá y papá, los saludo con el mismo respeto y cariño de siempre. Saludos al tío Chema y hermanos, efusivos saludos a toda la familia.

—A mí también me gusta dibujar —Manuel se sentó en cuclillas a su lado.
—Tome.
—Es muy bella. ¡Dibujas muy bien!
—Muchas gracias.

Su hijo, Manuel.

P. D. Sí pienso y anhelo estar algún día con ustedes. Puede ser pronto como puede no ser; todo dependerá de las condiciones que la vida me depare. Por lo que a mí toca, les seguiré escribiendo y dando informes precisos sobre lo que quieran. Ricardo y Gustavo me dicen que los salude.

—¿Qué más dibujas?
—Sólo dibujo conchas...
—¿Todos los días dibujas lo mismo?
—Sí.
—Ya veo.
—Es una figura que se repite en mis sueños y quiero librarme de ella, por eso dibujo.
—A mí me gustaría dibujar luciérnagas azules, pero no sé cómo.
—¿Luciérnagas?
—Luciérnagas azules.
—¿También quiere librarse de ellas?
—No. Creo que es al revés; las dibujaría porque quiero encontrarlas.
—¿Ha visto alguna vez luciérnagas azules? Yo nunca he oído que...
—No las he visto, pero sí existen.
La señorita miró un momento el horizonte. Luego volteó hacia Manuel y dijo:
—¡Ah, pero si es muy fácil!
—¿Cómo?
—Primero debe saber cómo dibujar luciérnagas normales, ¿lo ha hecho?
—Mmm..., no recuerdo. Creo que no, es verdad.
—No se preocupe, yo le enseñaré.
Tomó una de sus hojas en blanco y uno de sus colores, comenzó a perforarla, por aquí y por allá, hasta casi llenar la hoja de agujeros. Luego la puso contra el sol y le dijo:
—¡Aquí están sus luciérnagas!
A través de la hoja salían pequeños rayos de luz que le salpicaron la cara.
—¡Es verdad!

—Ya ve, no era tan difícil.

Manuel se mantuvo un rato mirando las luciérnagas que brillaban en la hoja de papel. Su pecho comenzó a agitarse: "Esta señorita dibuja la luz con la luz", su pensamiento le produjo una oleada de calor desde muy adentro, verano en verano.

—Es el dibujo más hermoso que he visto en mi vida.

—¡Ah! Es usted muy amable, es todo suyo. Tome, ahora le toca descubrir cómo dibujar luciérnagas azules, aunque, si me permite decirlo, creo que ya lo son, todo es cosa de en qué momento las miras —miró a Manuel que había bajado rostro y veía hacia el lado contrario—. Pero por favor, quite esa cara, ¡así ya no se ve tan guapo! —y le dio un ligero empujoncito en el hombro que lo hizo tambalearse de un lado a otro.

La señorita le entregó uno de los dibujos que tenía hasta abajo de su cuaderno, se levantó sacudiéndose la arena del vestido y dijo:

—Le regalo este dibujo, sé que sabrá apreciarlo.

Mientras ella se alejaba, Manuel seguía sentado sobre la playa, miró el segundo dibujo en donde sólo había una línea azul que cruzaba la hoja de lado a lado: "el mar". Para cuando volteó, la señorita ya se había ido.

III

Cuando llegó a Tampico, Manuel dejó de usar calcetines. En las primeras horas del calor húmedo de la ciudad algo le decía que ese lugar no era para andar con ellos. "Disculpen, ahora vuelvo", dijo, y se metió en el pequeño cuarto que servía de bodega, se agachó y alcanzó el pie izquierdo, luego el derecho, libre al fin. Los dobló como se dobla algo valioso que, sin embargo, pertenece a un cajón, igual al de las cosas especiales que tenía sólo para él en la casa de su tía en la Ciudad de México. Dio un paso, después otro. Estiró los dedos varias veces y sonrió.

Una noche, Manuel no pudo dormir. Cansado, respiraba con la agitación de cuando corrió las diez cuadras que separaban su casa de la playa. Lo primero que hizo fue revisar si por alguna circunstancia se había puesto sin querer los calcetines antes de acostarse. No sería la primera vez que le jugaban malas pasadas y aparecían de un momento a otro cubriendo sus pies, desde el dedo gordo hasta los tobillos, inexplicable. "No, no hay calcetines", se dijo y cerró los ojos tratando de dormir. Después de unos minutos sintió que se le aligeraba la frente y comenzó a soñar. Al instante, despertó sobresaltado por algo que había visto y no recordaba, repitió el mismo proceso una y otra vez, jugando a las escondidas con el sueño, juego perdido.

Salió a caminar. El calor húmedo del cuarto ahora era un viento que soplaba. Después de un rato llegó a la playa, miró hacia arriba y se estremeció. De golpe, como se mira algo inexplicable, pudo ver todos y cada uno de los tesoros resplandecientes que el cielo tenía escondidos. Hubo un silencio. Pausa. Nada. Sólo el mar y la playa, y él de pie sin moverse. Se imaginó que ese cielo era el cajón de las cosas especiales del mundo, lleno de soles y lunas guardadas. Las estrellas brillaban a centímetros de sus ojos, luciérnagas atragantadas de luz. Lo primero que sintió fue miedo, luego ganas de reír.

Entró al mar, despacio. La luz como agua derramada desde arriba y las olas cargadas de pequeñas partículas resplandecientes, agua de estrellas. Manuel sumergió una y otra vez la cabeza bañándose en el cielo. Minutos más tarde, ya más tranquilo, se quedó inmóvil en medio de la marea que lo mecía de un lado a otro haciendo que sus pies se levantaran levemente sobre el suelo terso del fondo. Le vino a la mente el recuerdo de la iglesia donde iba con su familia. Las estrellas y la luna que iluminaban la noche tomaron la forma de los brillantes adornos dorados con que estaban revestidas las paredes altísimas del templo. La voz del padre resonó en sus oídos conforme el viento llegaba en oleadas lentas y pausadas. Era el momento de la comunión y después de responder: "Amén", abrió la boca para recibir la oblea salpicada de un vino amargo. Un pequeño chorro de agua de mar entró en su boca y despertó del trance. El mar también era amargo, se fijó en la luna y vio en su lugar un agujero por el cual alguien, en quien ya no creía, lo estaba observando: el ojo de Dios.

IV

—Tenías razón, Gustavo —dijo Ricardo mientras caminaban hacia la casa, un dolor en el pecho le hacía fruncir el ceño.

—¿Sí?, cuéntame, amigo —respondió Gustavo.

—Pues llegué muy temprano, en el momento exacto

—¿Y? Continúa...

México, 24 de agosto de 1935.

Queridos papás:

Tengo el gusto de darles la noticia de que ya estoy en México otra vez. Vengo con muchos deseos de seguir estudiando, pero pienso también trabajar. Acaban precisamente de llegarle a mi tía unas letras de ustedes y yo las he visto, verdaderamente lamento que digan que me he olvidado de ustedes y sea un motivo de sufrimiento. Nada de eso, constantemente me he acordado de ustedes en toda mi estancia en Tampico, lo mismo ahora que estoy en México otra vez.

—Hice lo que te dijo el padrino Catarino, en verdad lo hice, pero oye, ahora sí me vas a contar lo que...

—Hicimos un trato, Rico, yo te decía lo que mi padrino dijo que había que hacer y tú me dejabas en paz con tus preguntas. A ver, sígueme contando.

—Pues ya se habían ido, Manuel con Alejandro, tal como lo planeamos, y sus tíos también, como todos los domingos a esa hora.

—¿Entonces sí estuviste a solas con ella? —urgió Gustavo con cierta ansiedad.

Tendría mucho que contarles de Tampico pero únicamente les diré que en siete meses que estuve en ese puerto, aprendí y experimenté más que suficiente. Supe lo que es trabajar para ganarse la vida y también supe lo que es tener hambre.

De lecciones creo que estamos bien, por eso ahora decidimos venirnos a México a estudiar (hablo en plural porque los muchachos, Ricardo y Gustavo, también se van a venir), nada más que, como ya les había dicho antes, hay que trabajar para poder hacer lo demás.

—Cuando abrió la puerta y la vi, sentí que se me volteaba el estómago, como si estuviera cayendo desde muy alto, ¿sí sabes, o no?

—Sí, sí —respondió Gustavo.

—Y ella, desde luego, no se sorprendió, en serio, gracias a Dios —Ricardo soltó un suspiro de tranquilidad.

—Te dije, Rico, ella es una excelente persona, no te iba a hacer sufrir, te dije.

—Lo sé, Gustavo, cuando me invitó a pasar enseguida me fui soltando.

Creo que mi venida a México y lo que pienso hacer mitigará sus sufrimientos, estando yo deseoso de hacer todo lo posible por evitar éstos, procurando solucionar nuestras dificultades. Yo siempre les he tenido la más ferviente voluntad y espero y creo en que ustedes también sabrán responder parcial y dignamente, hasta que lleguemos a un acuerdo decoroso.

No tengan ya ningún pendiente por mí, pues mi tía Clotilde estará velando y siempre está presta para ayudarme como si fuera mi madre. Ella me ve y siempre me ha visto de esa forma, como su hijo, y es por esto que se preocupa y no permite que vaya por pasos torcidos.

—Le entregué la carta y no dejé de mirarla a los ojos y entonces...

—¿Cómo fue besarla?, dime —volvió a urgir Gustavo que de inmediato guardó silencio, como espantado por sus propias palabras, y el oído comenzó a latirle. Un zumbido.

—¿Qué?, espérate, déjame contar.

—Perdón, sigue.

—Pues recordé al padrino y no sé por qué me vino a la mente la medalla de la Virgen que llevó todo el tiempo debajo de la lengua. Iba a comenzar a hablar pero se me cerró la garganta, me quedé así, congelado, pero Luz se adelantó y dijo: "¿Qué me vas a decir?". Yo contesté: "¿Qué te voy a decir?": Ella respondió: "No lo sé, tú eres el que va a hablar y yo voy a escuchar todo, cada palabra".

Fue motivo de gusto para Luz, mi hermana, el volverme a ver; ella me tiene en mucha estima y se ve la satisfacción que siente con un hermano a quien ella quiere a su lado, muy cerca. Yo procuraré verla lo más seguido posible, ya que ella es feliz con un familiar en su casa.

—Así que le dije, así sin más: "Te quiero". Un momento de silencio, y continué: "Desde el momento en que te conocí, hace años, a la hora de la comida, te quiero y punto, ya está". Ella guardó silencio y me miró con una dulzura que nunca le había visto a nadie pero que al mismo tiempo sabía que sólo ella podía mirar así. ¿Sabes cómo?, como si nada estuviera mal, como si ella también...

—Lo sé, Ricardo, yo también he visto esa mirada.

—¿Cómo? —dijo Ricardo.

—Nada, olvídalo, mejor continúa, por favor, Ricardo.

—Luego me dijo, con una voz igualmente cargada de dulzura, pero con un tono inconfundible de firmeza: "No entiendes, Ricardo, creí que ya lo sabías, yo...".

La niña María Teresita me causó una verdadera sorpresa, está gordísima y es muy simpática. A Luz, mi hermana, la veo un poco delgada, me dice que así la ha dejado la niña, porque es comelonsísima. Ernesto está bien, platicó bastante conmigo; él me tiene mucha confianza y casi me ve como hermano. La señora, su mamá, me tiene en la misma voluntad de siempre, es muy buena conmigo a pesar de su carácter histérico.

—Y entonces pasó, es inexplicable, en serio, no sé qué pasó.

—Cómo que no sabes qué paso, Ricardo, carajo, pues dónde estabas.

—Es un decir, Gustavo, claro que supe lo que pasó, pero en sí no sabría decir qué, creo que no me entiendes.

—Pues no, pero continúa —mintió Gustavo, que se iba sintiendo enfermo.

—Le dije: "Sólo una cosa", y ella: "¿Qué cosa?". Sin dejar de mirarla a los ojos, le respondí: "Tú sabes qué".

—No —interrumpió Gustavo.

—Ella dijo: "Por supuesto que sé", cerró lentamente los ojos, ladeó con suavidad el rostro, la besé, y por un instante, confieso, tuve un pensamiento fuera de lugar, me preocupé que se diera cuenta de que era la primera vez que besaba en la vida, pero nada de eso, todo fue perfecto, la besé y pude acariciar con mi mano derecha su cuello, nos separamos para tomar aire... y nos volvimos a besar. Luego sus mejillas, debajo de su oreja, casi en el cuello y ella me abrazó y lentamente me empujó cada vez más hacia ella, así hasta que por fin nos separamos, y ya está.

—Y ya estuvo —dijo Gustavo.

—Sí, ya estuvo, y no sabes cuánto te lo agradezco, nadie va a quitarme ese instante.

—Ese instante —repitió Gustavo—. Ese instante —y fue cosa de suerte que una pequeña lágrima que se le escapó a Gustavo pasara desapercibida.

Ya fui con mi tía Aurelia y le dio mucho gusto verme de nuevo por estos rumbos. Que me escriban todos los muchachos, mis hermanos y todo el que quiera hacerlo, yo recibiré con mucho gusto todas sus cartas. Salúdame a las mamás de Ricardo y Gustavo y a sus familias, recomendándoles que también escriban.

Reciban saludos de los muchachos y de mi parte un abrazo efusivo,

Manuel

Eso ocurrió tiempo antes de haber salido a Tampico, y si Manuel se hubiera enterado no habría habido ninguna diferencia. Ahora, de regreso en la Ciudad de México, el 25 de agosto de 1935, se conformaría un solo sindicato de trabajadores petroleros de México y por primera vez serían un solo frente en las negociaciones con las empresas para luchar por una vida que fuera más vida y menos amargura, una más digna de ser vivida. Esa tarde hubo fiesta en el partido y todos celebraron un triunfo que en buena parte también era suyo. Todos menos Gustavo, que tenía la mirada perdida a través de un ventanal que daba a la calle. Ricardo, que lo miraba desde una esquina del salón, no queriéndolo, creyó en un instante de lucidez saber bien de la tristeza de su amigo. Manuel se acercó y ambos se sentaron a su lado. "Todo está bien", dijo Gustavo. "Todo está bien, y ya está."

Así fue un día en que Ricardo, Manuel y Gustavo estuvieron en silencio en medio de una fiesta enorme.

V

México, 4 de octubre de 1935.

Queridos papás:

La presente sirve para que nuestras relaciones sean más íntimas y estén al tanto de mis propósitos, aunque hasta cierto punto los tachen de locos.

Quiero hacerles saber mis últimas resoluciones, pues deben de saberlo. El trabajito que había conseguido ha terminado, ya me desocuparon, así que sigo por ahora de nuevo sin trabajo. Yo he pensado para no seguir molestando más a mi tía irme de aquí. Eso será muy pronto, pienso andar por otros rumbos distintos de los que ya he andado, para ver y buscar nuevos modos de vida.

Pensamos irnos a Estados Unidos. No se rían, que es cosa muy seria, pero el objeto es, aparte de como ustedes dicen, lo aventurero, hacer lo posible por estudiar en algún centro universitario de aquel país. En diciembre a más tardar pensamos estar allá.

Saluden a todos mis hermanos y parientes en general y ustedes reciban un abrazo de su separado hijo.

Reciban saludos de Gustavo y Ricardo.

Manuel

La tía Clotilde vivía en la colonia Roma con su esposo. Luz, la hermana de Manuel, vivía ahora con Ernesto. Manuel dormía en el que fuera el cuarto de Luz y siempre que podía se sentaba en una esquina y les escribía a sus padres, unas cosas sí y otras no, por ejemplo, que los motivos reales de su viaje distaban mucho de irse a estudiar.

Manuel, Ricardo y Gustavo tampoco conocían bien los motivos reales de su viaje, sólo que eran instrucciones del partido.

VI

Laredo, Tamaulipas, 8 de noviembre de 1935.

Queridos papás:

Hace aproximadamente ocho días que estoy en esta población fronteriza y estoy por salir rumbo a New York. Será dentro de unos dos o tres días a más tardar, el trámite de pasar la frontera parece que ya está solucionado; arreglándose esto, salir es cosa que no se piensa.

El trayecto de México hasta aquí casi no tuvo contratiempos, salvo unos pequeños incidentes, el viaje salió a maravilla. Conocí San Luis Potosí, lo mismo que Monterrey, y aunque nada nuevo encontré en las citadas ciudades, me parece que se prospera, sobre todo en Monterrey que, según mi parecer, será una de las ciudades del porvenir por su industria que alcanzará proporciones grandiosas en un futuro no muy lejano.

De Monterrey pasé a Laredo-México. Aquí, como en todas partes, la vida significa sufrir la vida, lo que más resalta es el contraste de este Laredo con el del otro lado (me refiero a Laredo-Texas). El ambiente de aquí es típico por la pobreza mexicana, con un montón de chozas destartaladas, su plaza con su jardín y su calle principal, la única pavimentada, y donde abundan casas de cambio y tiendas de ropa. La prolongación de esa calle llega hasta el puente internacional donde se une con la tierra donde se habla el inglés. Se llega entonces a la primera población americana, Laredo, Texas, donde a primera vista se nota el cambio: muchas casas típicamente americanas, los vestigios de rascacielos que ya se dejan sentir. Yo veo desde este otro lado el Hotel Hamilton ya de bastante altura y también las torrecillas terminadas en punta de las iglesias de aldea americana. Esto es lo poco que he visto de la tierra a la que voy. Poco, relativamente muy poco.

Quiero, aunque tarde, acusarles recibo del dinero con que ustedes me han ayudado, y para acomodarme más a las circunstancias les diré: *Thank you*, muchas gracias.

Tengo grandes proyectos. Quiero aprender muchas cosas. Espero conseguirlo. Los viajes enseñan bastante y es por esto por lo que ando aventurado y con entusiasmo, quiero sobre todo hacerles entender que no me arrastra únicamente ese sentimiento propiamente aventurero sin un objetivo determinado, no, yo estoy orientado y tengo muchos deberes que cumplir, ya que me ha tocado vivir en esta época de profundas conmociones sociales en las que ningún hombre que se diga consciente no haga lo propio y se coloque a la altura de las circunstancias. Es por esto que lucho por el ideal que he tomado como el más justo.

Por favor, no se preocupen ustedes por mí. Venimos Ricardo, Gustavo y otras dos personas del partido que ya tienen experiencia en estos viajes.

Mamá y papá, nos han advertido muy claramente que no debemos enviar correspondencia a nadie mientras estemos fuera, pero en cuanto tenga posibilidad intentaré escribirles.

Reciban un abrazo afectuoso de su hijo que nunca se olvida de ustedes,

Manuel

CAPÍTULO 5

I

1936. Al otro lado del mar, Neruda escribía: "Y una mañana todo estaba ardiendo / y una mañana las hogueras / salían de la tierra, devorando seres". Picasso miraba con asombro lo que ocurría. Lázaro Cárdenas apoyaba a grupos de voluntarios para auxiliar a España, donde había comenzado la guerra.

Manuel Zavala tenía 19 años.

II

Manuel siempre escogía ventana. Recargó su cabeza y cerró los ojos. Tren en marcha. El sonido de los pistones, maracas metálicas, se fue pareciendo al silencio. Recordó su viaje de regreso de Tampico, solo, porque Ricardo y Gustavo se habían quedado unos días más en el puerto.

En ese viaje conoció a Pedro.

—¿Para qué le hace esos agujeros a la hoja? —preguntó el hombre que estaba a su lado.

—Estoy dibujando luciérnagas azules —respondió Manuel sin levantar la mirada.

—¿Puedo verlas?

Manuel le acercó la hoja.

—Ah, estas son luciérnagas normales, no luciérnagas azules —le dijo un poco desilusionado.

—Sí. Es que no sé cómo dibujar las otras, sólo sé hacer de las normales.

—Yo también dibujo, pero la verdad es que no sé qué es lo que hago.

—¿Cómo?

—Sí, las veces en que logro dormir o tomar una siesta, por más corta que sea, me pongo a soñar de inmediato —suspiró hondo— y lo que sueño sólo son partes o fragmentos de cosas, principalmente de animales y flores. Entonces me despierto. Hace semanas que no puedo dormir más de dos horas seguidas.

—No suena bien.

—Sueño con un remolino de plumas, de patas, de picos, de ojos de todas formas y tamaños, pétalos de todo tipo de flores, y cuando intento recordarlo para plasmarlo en papel, no sé ni por dónde empezar, salen puros rayones y garabatos confusos.

—¿Y eso no lo deja dormir, como una pesadilla?

—No, no es eso, es que cuando comienzo a ver todas esas cosas en mis sueños me emociono tanto que acabo despertando. No me asusta, al contrario, me fascina.

—Tal vez debería intentar controlarse un poco más y así lo tendría todo más claro.

—Es imposible, me gana la emoción todas las veces.

—O tomarse algo, mi tía hace un té de buganvilias que te pone a...

Más tarde, Manuel se durmió y soñó con su casa. Las paredes y las flores habían perdido su color, deslavados por la lluvia. Se encontraba en medio del pasillo, bajo un cielo que parecía enfermo de gripe. No había nadie más que él, y podía escuchar cómo latía su corazón, cada vez más rápido.

Un dolor repentino en el pecho lo puso de rodillas y comenzó a toser botones de margaritas coloradas, con el dolor de estar escupiendo fuego. Tosía y salpicaba botones y pétalos por todas partes, rojos como los labios de algunas mujeres que había visto en el puerto. Su corazón se aceleraba. Pum, pum, pum, tres latidos por latido, una hora por minuto, el ritmo de la desesperación. Sintió ganas de llorar, pero no podía, y entonces se miró las manos y estaban llenas de pétalos rojos como la sangre. Despertó.

—¡Pero si eres Manolito!

—¿Ah...? —dijo Manuel somnoliento, todavía confundido por el sueño.

—¿No te acuerdas de mí? ¡Soy Pedro!

—¡Pedro Linares!

—¡Ese mero! ¿Te molesta que me siente?

—No, no, ¡por favor! Pero qué coincidencia, justo estaba pensando en ti...

—¿Qué ha sido de ti?, dime, ¿ya sabes cómo dibujar luciérnagas azules?

—No, estoy lejos. Y tú, ¿cómo has estado? ¿Sigues con esos sueños?

—No me creerás lo que sucedió, Manolito.

—¿Qué cosa?

—Hace unos meses me enfermé gravemente.

—Lo siento muchísimo.

—No, no lo sientas, fue lo mejor que me pudo haber pasado en la vida.

—¡¿Por qué?!

—Me quedé inconsciente no sé cuánto tiempo, imagínate, tanto que mis hermanas pensaron que me había muerto.

—¡Vaya!

—Y tuve un sueño, uno muy largo y muy extraño.

—Cuéntamelo.

—Soñé que estaba en un bosque y yo sentía una paz que todavía me conmueve. El aire estaba cargado de ese olor a pino que se parece más a la menta que a otra cosa. Todo estaba sumergido en silencio, como cuando despiertas a medianoche y todo está en calma y sólo te escuchas a ti mismo mientras te vuelves a meter en las cobijas. ¡De los árboles comenzaron a salir unos animales que nunca había visto! ¡Un burro con cabeza de león!, ¡una víbora con cuernos!, ¡un perro con alas y ojos de luciérnaga! Todos esos animales comenzaron a gritarme: "¡Alebrijes!, ¡alebrijes!, ¡alebrijes!". Entonces supe que estaba soñando y que debía buscar la salida. Caminé entre el bosque mientras iban apareciendo más animales extraños que gritaban lo mismo, hasta que encontré de repente una gran pared en donde había una pequeña ventana, tan pequeña que la abrí y apenas pude asomar la cabeza, y desperté.

—¡Wuooohh!

—Y a que no sabes dónde desperté. ¡En mi propio funeral! ¡Ya me habían dado por muerto!

—¡No!

—Al final supe dibujarlos, y no sólo eso. Mira, te voy a enseñar algo. Justo iba a mi lugar, espérame.

Manuel deseó que Ricardo hubiera tomado el mismo tren que él y Gustavo abordaron para cruzar la frontera de regreso a México.

Intentó despertarlo para que viera lo que Pedro Linares le iba a enseñar, pero fue en vano, Gustavo estaba perdido en su propio sueño. Roncaba con la cabeza ladeada a la izquierda y la boca abierta, ajeno a las palabras de Manuel. Soñaba con aquella historia que le contó una vez su padrino, Catarino Martín, mejor conocido como Carajo le vale, férreo defensor de la religión en la guerra cristera que asoló buena parte del país. Fue la primera vez que probó el mezcal, a las cinco de la tarde que, según Catarino, era la mejor hora para tomar. De entre todas las historias que le contó aquella vez, hubo una que le hizo volar la imaginación como ninguna otra.

Al padrino de Catarino le decían el *Parrao*, a quien le tocó la Revolución de 1910 justo cuando cumplía 55 años, la mejor edad para luchar en las revoluciones, según Catarino. El Parrao, a diferencia de muchos de sus compañeros del mismo rango, no amasó una gran fortuna ni se hizo de haciendas. Cuando hubo que dejar las armas, las dejó, y volvió a subirse a una loma a las afueras de Mirandillas, donde tenía una pequeña casa y su parcela. Su tierra se secó con los años, cuando cumplió 75 se encontró con que no tenía que comer. Preocupado por él y por su esposa, el Parrao, quien creía fervientemente en Dios, al igual que su padre y que el padre de su padre, tuvo una idea extraordinaria. Bajó directo a la oficina postal, donde trabajaba uno de los hermanos de Catarino y le dijo: "Voy a escribirle una carta a Dios, óyeme que te voy a dictar". Pidió diez pesos para comprar semillas y un nuevo arado: "Luego te pago el sello, cuando me conteste". Sólo eso, diez pesos, y la firma: "Tu hijo que nunca se olvida de ti, el Parrao". Hugo, el hermano de Catarino, y los otros dos ayudantes se soltaron a carcajadas. "Carajo, ¿pos de qué se ríen?, ¿no ven que es cosa seria?", les dijo Catarino, que había estado escuchando. "Mete esa carta al buzón y que Dios decida si le hace caso o no, tú no eres nadie para decidir por Él."

Al día siguiente, la sorpresa que todos se llevaron al ver en el mismo buzón una carta que decía con letra sencilla: "De Dios para el Parrao". "Yo mismo se la voy a entregar, no confío en ustedes para estas cosas", les dijo Catarino y se fue hacia la loma. "Oiga, don Parrao, ya le contestaron, tenga", y no le preguntó nada, "porque en esas cosas es mejor no preguntar, ¿me oíste?".

—¡Mira, Manuel, este es un alebrije! —dijo Pedro, mostrándole un animal hermoso y terrible hecho de papel de muchos colores.

—¡Es bellísimo! —dijo Manuel con los ojos bien abiertos.

III

A Manuel le gustaban las jacarandas que vivían en la calle de su casa. Sus raíces eran tan grandes que se asomaban a través de las banquetas. Su tía decía que eran especiales porque florecían en verano y no en otoño, como el resto.

México, 19 de mayo de 1936.

A mis padres:

Sírvame ésta para saludarles respetuosamente y notificarles de mi vuelta a la Ciudad de México. ¿Contarles?, será demasiado largo, solamente les diré que estos otros seis meses han sido muy jugosos para mí en lo que se refiere a mis convicciones.

El norte de la República puedo decirles que no me es desconocido, tanto en el terreno social y económico como político, y esto es ya una gran satisfacción. Pudimos igualmente darnos cuenta del estado de cosas de nuestro país vecino y de este modo poder tener material para contestar y reaccionar en un momento dado.

Nadie sabía a ciencia cierta por qué, pero así había sido desde que tenían memoria. Contaba que les gustaba más el calor y así lo demostraban. Lo que sí sabía Manuel era que le gustaba caminar por la calle repleta de flores azules. Le recordaban los vitrales enormes de la iglesia cuando iba a misa y las mejillas tiernas de Inés cuando las besaba.

Nuestra venida claro que estuvo preñada de incidentes curiosísimos y no curiosísimos, lo confieso, pero al fin es amor; es decir, llegamos a esta ciudad, sede de la catedral sindical única y del Frente Popular Mexicano.

Ahora pensamos —como los muchachos dicen— "sentar cabeza", y queremos trabajar, estudiar en la Universidad Obrera y descansar un poco, para después quién sabe para dónde arrancar.

Mientras caminaba, Manuel aspiraba el perfume húmedo de las jacarandas y se sentía como cuando era niño y miraba el cielo sentado en el pasillo-jardín de su casa. Entonces nada le asustaba, no como ahora, que sentía que su corazón había perdido el ritmo de siempre.

Mamá, puedes contarle a Lolis, la mamá de Ricardo, en primer lugar, que está bien, pero sobre todo que se ha vuelto tremendo. Es increíble, guarda a todas horas un humor envidiable.

Gustavo, por si ves a su mamá, está también bien. Él los saluda por mi conducto.

Saludos a todos de mi parte, revolucionarios a quien los quiera, y a quien no los quiera, saludos no revolucionarios, por esto no discutimos.

Y a ustedes un sincero saludo de mi parte.

Manuel

P. D. Pueden escribirme aquí, a casa de mi tía Clotilde.

IV

Irapuato, Guanajuato, 10 de julio de 1936.

Queridos papás:

Escribo después de haber tenido el gusto de ver a mi papá, a mi tío Nico y a Luis Aldrete. Voy Rumbo a Torreón con el fin de hacer trabajos entre los obreros agrícolas, ahora que es el tiempo de las piscas de algodón.

Quiero excusarme, papá, por no haberme despedido formalmente de ti, pero es que como has de comprender yo ando en mi trabajo, como tú andas en el tuyo. Me fue materialmente imposible volverte a ver. Únicamente te diré que estoy complacido de haber estado unas horas contigo y verte bien.

Estuvimos con el secretario local de esta sección del partido, compañero Villaseñor Solís, el cual nos atendió muy bien pues nos identificamos con él como camaradas de lucha en el formidable movimiento de liberación de los trabajadores. Por lo tanto, esperamos que, con la ayuda de todos nuestros compañeros, lleguemos sin novedad a Torreón. Les diré que dejé a Luz mi hermana y demás familia muy bien.

Papá, los consejos buenos y útiles que nos dejaste cuando platicaste con Gustavo, Ricardo y conmigo en Irapuato los tomamos muy en cuenta. Sin embargo, ten presente que nuestra actitud hacia la vida no es negativa, sino que tenemos plena confianza en los trabajadores a pesar de, como tú decías, sus errores o ignorancia, producto de este régimen de explotación que vivimos.

Repetiré lo que ya he dicho en otra ocasión, nuestro ideal es sublime y por lo tanto es bueno, y lo que más esperamos es el triunfo —de lo que es tu causa también— muy pronto.

Les escribiré de Torreón. Saludos cariñosos.

Manuel

Aunque estaban cerca de alcanzar el principal objetivo de su plan, Manuel, Gustavo y Ricardo debían hacer una última parada. La comarca lagunera, con centro en Torreón, sufría desde hacía varios meses profundos cambios sociales. Miles de trabajadores de las haciendas pedían mejores condiciones de trabajo y eran ignorados. Pronto corrieron los rumores de una gran huelga en la que todos se unirían por sus derechos. Organizaciones de todo el país apoyaban ese movimiento, incluido el Partido Comunista de México.

V

Torreón, Coahuila, 22 de julio de 1936.

Queridos papás:

Ya tenemos ocho días de conocer Torreón, la ciudad, centro de la rica comarca lagunera, siendo mi impresión de conjunto muy buena. Aquí el ambiente, aunque cálido en estos días, es agradable. En grado sumo interesante es la región desde el punto de vista económico-social. Las altas chimeneas de las fábricas, los bastantes campos algodoneros y el hormiguear de los obreros forman un conjunto plástico de grandes proporciones y auguran un futuro esplendoroso. Grandes batallas de clase se han librado, triunfantes unas, vencidas momentáneamente otras, pero todas dando sus frutos, templando a esta clase obrera lagunera para futuros y definitivos combates. La grosera clase patronal lagunera está pendiente y no escatima esfuerzo alguno, por sangriento que éste sea, en aplastar a la clase obrera en sus luchas libertarias. Torreón será, en un plazo no muy lejano, baluarte del proletariado mundial. Esta es, en pocas palabras, mi impresión de la laguna.

Platicando ahora del trayecto de Irapuato, aquí diré a ustedes que nuestra experiencia en eso de la "trampeada" nos salvó de muchas dificultades, haciendo un recorrido fácil y hasta cierto punto cómodo. Saliendo de México estuvimos en Querétaro dos días. Este lugar es precioso y el estado tiene una riqueza grande y muy poco conocida. Desde Irapuato, lugar ya conocido por mí en otras ocasiones, nos llevó el tren (un directo, creo) hasta Aguascalientes, donde vimos inmediatamente un gran centro ferroviario, la Sección 2 del Sindicato Ferrocarrilero con sus talleres generales. Grandes perspectivas hay aquí. Salimos de este lugar fácilmente pasando Zacatecas nada más con la mirada llegando hasta Cañitas o Felipe Pescador donde hicimos nuestra última escala. Cañitas, un pueblito nada notable. Ocho horas de camino y llegamos por fin a Torreón. Así fue nuestro recorrido.

Saluden de mi parte a toda la familia, y a la de Ricardo y Gustavo. Reciban igualmente saludos de los muchachos y a ustedes, un abrazo de mi parte.

Manuel

VI

Torreón, Coahuila, 4 de agosto de 1936.

Querido papá:

No he contestado tu carta porque me encontraba fuera de Torreón, es decir, ayudando a los obreros agrícolas en su futura huelga emplazada contra los patrones de esta rica comarca para pedir, o mejor dicho, luchar, por mejores condiciones de vida, pues la que actualmente llevan es precaria y miserable. Hay que *darse un quemón*, como dice un corrido que se canta mucho aquí, para hacer consideraciones, sobre todo relativas a la gente que viene de fuera. Dicha gente viene siempre año tras año en la más cruel y espantosa miseria con todo y sus familias —imagínate que se concentra una cantidad como de cuarenta mil familias—, y, por lo tanto, el movimiento que preparamos es de una necesidad imperiosa para la clase trabajadora, y tiene una magnitud grandiosa. El movimiento tendrá significación dado que estallará en el momento preciso de lograr la unidad de toda la clase trabajadora de la laguna, en donde se tomarán acuerdos precisos sobre tan grandioso combate. Ya te platicaré en su oportunidad sobre los resultados de nuestros trabajos, para que veas que solamente por medio de la lucha revolucionaria de los trabajadores se pueden lograr ventajas sobre la clase acomodada, y solamente en tal forma podremos conseguir la liberación definitiva de los explotados en todo el mundo. Hay que convencerse de que mientras tengamos miserias —porque la miseria de los explotados es nuestra propia miseria—, tendremos que luchar incansablemente hasta conseguir lo que pretendemos, aun a costa de grandes sacrificios, y, lo que es más, a costa también de grandes fracasos, que nosotros consideramos momentáneos, pero que nos traen grandes experiencias para próximas y definitivas batallas. Así, papá, es la lucha de la clase obrera.

He andado por los campos algodoneros, extasiado ante tanto capullo blanco, el que en épocas de la pisca se transforma en grandes montañas que de lejos parecen de espuma de mar. Centenares de gente con largos costales piscan algodón, siendo el más hábil de manos el que sale gananicoso. Los torpes piscan poco, naturalmente, y obtienen en consecuencia poco dinero. Es a grandes rasgos una visión de estos campos productores de algodón.

Me despido por el momento en espera de sus letras. Saludos a todos.

Manuel.

"Si salen de ésta, estarán listos", les había dicho, todavía en la Ciudad de México, el secretario del partido.

VII

A las cinco de la tarde, Manuel y sus amigos terminaron la jornada. Platicar con los trabajadores, convencerlos, distribuir panfletos, leérselos a los que no saben leer. Organizarlos, dar su palabra, motivarlos, contagiarles la confianza de que la unión hace la fuerza, de que el presente, su presente, no tenía que seguir siendo su futuro ni mucho menos el de sus hijos. Despertar el valor, compartir un ideal, sembrar un sueño común que crecería diferente en cada quien, regar, generosos y confiados, semillas al azar.

Torreón, Coahuila, 29 de agosto de 1936.

Queridos padres:

Hace tiempo que les escribí una carta y aún no me la responden, no sé por qué será. Ahora que les escribo ésta espero me la contesten. Quiero en esta ocasión expresarles mi estado de ánimo, que en este momento es efervescente. ¿Causas? Sencillamente, la tensión internacional provocada por la Guerra Civil de España, y en donde vemos, ahora sí claramente, los campos completamente delimitados, hacia el fascismo o hacia el comunismo, dos metas, aunque al fin tendrá que triunfar la última, la de los explotados. Es por esta razón que mi espíritu está efervescente. Tengo algunos planes, algunos proyectos a realizar, aunque ahorita me los reservo para otra ocasión más propicia.

En la última casa que visitaron los invitaron a comer. Invitados de honor, como recibirían a cualquiera en esa zona donde la hospitalidad es más que ley: tortillas y frijoles, agua, hay poco que ofrecer pero se ofrece con el corazón. Adentro, es decir, en el único cuarto que componía la casa de un trabajador del campo, olía a leña quemada. Terminada la política, alguien habló de una leyenda local. Se trataba de un viejo indígena llamado el "Padre de los relatos", longevo, de edad inmemorial, ciego y analfabeto, dicen que narra ininterrumpidamente historias que se desarrollan en pueblos y regiones lejanas, incluso en épocas completamente desconocidas para él.

Mi estancia aquí no ha salido de lo rutinario: trabajar, mucho trabajar, atender a los compañeros de allá, a los de acá, a los de más allá, salir al rancho zutano para informar sobre la huelga, la cuestión de la unificación en un festival de fraternización con el ejército, sacar volantes contra las provocaciones de los Dorados, un manifiesto del partido sobre la cuestión política del momento, luchar y sin cansarse... Este es el *chiste*, hasta lograr hacer conciencia en los trabajadores y el pueblo de todo México sobre la necesidad imperiosa de luchar por la liberación nacional de las garras del imperialismo extranjero. Esto tan elemental hay que saberlo hacer sin embargo. Hay que preparar las reservas del proletariado, de los países semicoloniales, esta es precisamente una de mis ansias, preparar a las reservas, aunque muy importantes, son de todas maneras reservas del proletariado de las metrópolis, ya que hay que considerar que allá en las metrópolis capitalistas serán los combates decisivos de la clase obrera mundial en la lucha por el poder.

Los que lo han conocido aseguran que incluso muchas de las novelas y cuentos publicados por famosos autores habían sido recitados, palabra por palabra, por la voz ronca del "Padre de los relatos", unos años antes de su aparición. El viejo indígena sería una fuente universal de las narraciones del mundo según unos, un vidente que gracias al consumo de hongos alucinógenos logra ponerse en comunicación con el espíritu de la tierra. La gente decía que el pueblo donde vivía se llamaba Cerro Negro, pero nadie sabía en qué lugar se encontraba exactamente. Unos decían que era una aldea perdida entre la región habitada por los otomíes, y otros que estaba en algún lugar de América del Sur, tal vez encaramado a la cordillera de los Andes o envuelto por las selvas del Orinoco.

Tomando en cuenta todos estos considerandos ha sido que, desde que soy revolucionario, mi obsesión es la de estar en el momento definitivo de la lucha de clases, en el cenit, en el punto donde se decidirá esta formidable batalla para el porvenir de la humanidad entera. Por eso la lucha de España es mi lucha, y casi no pienso en otra cosa. El estar vegetando —se podría decir— me rebaja y no puedo tolerar tal situación. Quizá sea difícil para ustedes entenderme, pero ya llegará el día.

Mientras se lo contaban, Manuel soñaba despierto con todas las historias que el viejo indio tendría para contarle. Seguro que él se sabía cien historias de luciérnagas azules.

La huelga iniciaba pronto, en el aire se percibía un olor extraño, mezclado con la leña de la tarde. Un grito llegó desde lejos y cortó el aire enrarecido por el humo de la choza. Alguien pedía auxilio. "*¡Ya llegaron!*", dijo uno, y todos los hombres salieron corriendo a la vez. Por entre las plantas de algodón corrían a toda prisa hombres y mujeres y niños. Sonaban disparos, gritos entrecortados, el sonido del miedo. Manuel y sus amigos corrieron a contracorriente ayudando a los que se quedaban tropezándose en el camino. "*¡Por allá, por allá!*", y señalaban la mejor ruta de escape. De un momento a otro cada quien estaba solo, perdidos entre plantas de algodón, como pájaros revoloteando entre las nubes. "*¡Ayuda!*", escuchó a lo lejos. Era la voz de Gustavo. Manuel corrió hacia él orientado por los gritos.

Me acuerdo de mucha gente de allá y de todos los parientes, a los que quiero que saludes de mi parte. Reciban saludos de los muchachos y el mío, deseando con todas mis ganas el que se conserven bien. Me despido cariñosamente.

A todos los amigos y jóvenes en general, saludos, y que se fijen en nosotros. Es una recomendación especial que vean la trascendencia del Congreso de Estudiantes Iberoamericanos y el movimiento nacional e internacional de revolucionarización de la juventud.

Lo encontró en el suelo, en un claro en medio del boscaje enmarañado de plantas pisoteadas. Un hombre con un escudo dorado en la espalda estaba sobre su amigo. Vio a unos metros de distancia algo que brillaba bajo el sol sacando chispas y, muy cerca, un pañuelo rojo lleno de tierra. Se oyó un disparo, luego otro y uno más. Después, el silencio, agudo y absoluto como nunca lo había escuchado en su vida. El silencio de la muerte. Llegó Ricardo y vio a Gustavo, que se levantaba con esfuerzo y se cubría el cuello con la mano derecha y a Manuel todavía con la mano extendida, con la mirada vaciada, apuntando el arma a un fantasma y ya no al hombre que yacía desangrándose en el polvo. "*¡Vamos!*", gritó Ricardo y los tres desaparecieron. Anocheció cuando iban llegando a un poblado cercano.

Esta recomendación pide servir de estímulo para tantos jóvenes, sobre todo entre mis viejos amigos, para que se fijen en sus problemas y los tomen en serio. Ellos, a través de estas líneas, entenderán lo que les quiero decir.

Saludos

Manuel

Ahí se reunían algunos de los desplazados, perseguidos por los Camisas Doradas, un grupo de choque de los terratenientes. Asesinos a sueldo contratados para asustar y desorganizar a los trabajadores. Con la guerra declarada, mañana comenzaría la huelga bañada en sangre. Fogatas por aquí y por allá. Un viejo con la cabeza envuelta con un trapo desteñido estaba sentado a su lado. Sin dientes, le silbaba a la luna como a un perro o a un amigo que se va. Manuel se sentó en silencio y trató de no decir nada. Tenía en el estómago un precipicio, una oscuridad, una angustia que latía y opacaba el corazón. Ricardo y Gustavo estaban a su lado. Después de unos minutos, con la frente empapada de sudor, se levantó y salió a caminar. En medio de un campo de pastizales revueltos vio el fino reflejo de la luna sobre un humedal, pequeñísimas gotas de luz blanca, y recordó aquella vez cuando era niño y el sol se le hizo pedazos, las lágrimas de Dios.

—No, Manuel —dijo Inés—, no llores.

—...

—Está bien defender a los amigos, ¿recuerdas?

—Sí, está bien.

—Está bien, no llores.

—Ay, Inés —dijo Manuel, y no pudo dejar de llorar.

Aunque Inés se había ido, Manuel seguía hablando con ella. A veces ella respondía.

VIII

La tía Clotilde vivía en la colonia Roma con su esposo. Luz, la hermana de Manuel, vivía ahora con Ernesto. Manuel dormía en el que fuera el cuarto de Luz y siempre que podía se sentaba en una esquina y les escribía a sus padres, unas cosas sí y otras no, como que el último lugar donde estarían en México sería el puerto de Veracruz.

Torreón, Coahuila, 22 de septiembre de 1936.

Queridos padres:

De Hamburgo, que fuera el "corazón rojo" de Alemania, un obrero nos ha enviado 25 marcos, su salario de una semana, para ayudar al pueblo español a librarse del terror y la muerte que su propio país padece bajo los nazis. Al marino que le entregó el dinero le encargó, además, que dijera "que los obreros de España son hoy la esperanza del mundo, y su lucha es nuestra lucha".

Pocas palabras, pero que resumen todo un ideal y toda un ansia de libertad.

Esto te parecerá una blasfemia y es posible que creas aún que me vaya a "tragar la tierra", pero preciso que sepa toda la familia esta otra realidad: un fantasma recorre el mundo y nosotros le llamamos camarada. Después del VII Congreso de la Internacional Comunista, en el que se subrayó en una forma clara y definida la lucha del proletariado del orbe contra el peligro fascista, considerando a éste como la dictadura terrorista descarada del capital financiero contra la clase obrera, la respuesta ha sido unánime y así hemos visto las heroicas batallas del pueblo francés, en su lucha contra el fascismo y por las libertades democráticas, por ejemplo. Las formidables luchas del proletario del mundo se han dejado sentir hasta aquí, en México, y con magníficos resultados, llevando siempre a la cabeza un objetivo: el de la liberación definitiva.

Cuando Manuel entró a la casa y su tía le preguntó: "*¿Cómo te fue?*", él sintió un dolor en el estómago. Con las manos abiertas como aletas, sus labios dejaban salir las palabras como burbujas de aire que se le escapaban. "Muy bien, tía, todo en orden". Lo miró un momento, le dio un beso en la frente y después regresó a la cocina. "Tiene las uñas todas mordidas", pensó su tía, segura de que algo le había pasado, algo grave.

Y ahora que el fascismo prepara la guerra fratricida; ahora que la clase destinada a morir, la burguesía, se prepara febrilmente para acabar de una vez con las demostraciones de pueblos hambrientos de libertad y de pan; ahora que despierta la clase oprimida y se dispone a luchar por lo que justamente le corresponde como clase trabajadora, ahora, precisamente en España, que el pueblo había logrado ciertas reivindicaciones al elevar al poder a ciertos representativos suyos, es cuando la reacción clerical fascista que allí ha reinado secularmente en alianza con la monarquía, ha respingado, y ha formado un bloque reaccionario monárquico-clerical-fascista para abatir a costa de exterminio a todo un pueblo manchado de sangre por estas tiranías.

Manuel subió a la azotea. A veces se llevaba hojas en blanco y escribía notas para un diario que nunca completaba, porque las perdía o porque terminaba haciendo barcos de papel con ellas. Cuando su propio cuerpo lo traicionaba y se encontraba sin ganas de escribir, se quedaba quieto y sin hacer ruido, como si no respirara.

Esto repercutirá en todas las naciones del mundo, expresado en un aullido de pavor, y en el levantar de puños y fusiles del proletariado en su avance victorioso hacia la revolución.

Al escribir estas palabras lo hago a todas las madres y a todos los padres en general, a todo el pueblo oprimido de México, y les digo: "¡Camaradas, nuestro destino está decidiéndose en este momento al otro lado del océano! Mujeres, levanten sin miedo las vendas de sus ojos y vean el ejemplo en España, la mujer madre que defiende a sus hijos de la barbarie fascista con el fusil en la mano, las hijas igualmente en el frente de combate defendiendo su dignidad tantas veces violada y mirando un grandioso porvenir de amor y de justicia. A los hombres les quede marcado con la sangre de los combatientes de la España mártir el claro horizonte de un mundo mejor".

Las azoteas le parecían una parte del mundo que la gente aún no había descubierto, consideraba que después de tantos años de vivir a ras de tierra ha pasado de largo que cada techo, por más alto que sea, es también el suelo de Dios. A Manuel le gustaba sentir el cemento recalentado por el sol a mediodía, pero esta vez lo que sentía era frío, un mal tiempo debajo de la espalda. Se sentó en una esquina y abrazó sus piernas. Sintió que la azotea había dejado de ser el suelo de Dios, y se vio infinitamente solo en medio de un campo yermo.

Queridos padres, no sería prudente que les diga el puerto al cual nos dirigiremos, pero espero seguirles escribiendo una vez hayamos llegado. Reciban un saludo cariñoso de su hijo que los quiere.

Manuel

Manuel, Ricardo y Gustavo, a su regreso a la Ciudad de México, conocían a la perfección los motivos reales de su viaje: una última preparación para apoyar a sus compañeros en la guerra que se libraba en España.

Al día siguiente partirían a Veracruz.

SEGUNDA PARTE

CAPÍTULO 1

I

1937. Al otro lado del mar Neruda escribía: "venían por el cielo a matar niños, / y por las calles la sangre de los niños / corría simplemente, como sangre de niños". Picasso, que hasta entonces sólo miraba asombrado, había decidido participar en la guerra. En México, con la ayuda del presidente, se organizaban grupos de apoyo para la República Española.

Manuel Zavala tenía 20 años.

II

A la una de la tarde, el capitán del barco anclado en el muelle 35 de Nueva York recibió el siguiente telegrama: "Enmienda Ley de Neutralidad por aprobarse cualquier minuto salgan ahora". Todos los tripulantes, con ayuda de algunos otros marineros y miembros del Comité Antifascista Español, cargaban a toda prisa lo que restaba en tierra firme y que en su mayoría eran armas, municiones, comida y seis aviones desarmados.

—Señor presidente, tengo una objeción —dijo con voz firme John Toussaint Bernard a la vez que levantaba su mano derecha.

—¿Hay alguna objeción? —preguntó solemne el presidente de la Cámara de Representantes e hizo una pausa breve—. La Cámara no escucha objeción alguna, que así sea entonces.

—Señor presidente, tengo una objeción —John se puso en pie y los labios le temblaban, pero sólo él lo sabía.

—Que por voz de los representantes de la Unión, queda aprobada... —continuó el presidente.

—Señor presidente, tengo una objeción —seguía de pie John T. Bernard y su frente estaba húmeda.

—... la enmienda a la Ley de Neutralidad —la voz del presidente ahora era severa.

—¡Yo tengo una objeción! —gritó John con toda la voz que tenía guardada en el estómago. Su frente y sus mejillas estaban húmedas y sus labios temblaban, pero nadie más lo sabía.

—Señor presidente, con todo respeto quisiera señalar que el caballero de Minnesota estaba de pie y dijo que tenía una objeción unas dos o tres veces. Estoy seguro de que el presidente no lo escuchó, pero estaba de pie intentando decir una objeción. Por lo tanto, le solicito al presidente que le dé la debida consideración a su derecho a tomar la palabra —intervino *mister* Boileau, representante del estado de Wisconsin.

—La objeción del caballero de Minnesota llegó tarde —afirmó el presidente.

—Señor presidente, objeté cuatro veces —respondió John.

—Tenía entendido que la Cámara estaba de acuerdo con votar unánimemente —contestó a su vez el presidente.

—Estuve de pie y objeté cuatro veces, señor presidente.

John T. Bernard entendía muy bien la amenaza: el fin de su carrera al oponerse a una enmienda enviada directamente por el presidente de Estados Unidos de Norteamérica, Franklin Delano Roosevelt, y que todas las fuerzas en el Congreso habían acordado aprobar por unanimidad.

—El caballero de Minnesota dice que tiene una objeción a la enmienda que se supone iba a ser aprobada unánimemente, ¿eso es correcto?

La insistencia del presidente estaba justificada para que no quedara duda de que aquélla sería la muerte política de John T. Bernard.

—Es correcto, señor presidente, tengo una objeción —respondió John con tranquilidad.

—Que quede constancia en la Cámara de que el caballero, representante del estado de Minnesota, John Toussaint Bernard, tiene una objeción a la enmienda de la Ley de Neutralidad. Le cedo la palabra.

"Escoge bien lo *último que dirás en Tribuna*", fue lo que se escuchó realmente en la sala.

—Gracias, señor presidente. Es mi deber, en honor al juramento que hice al ser electo, señalar la injusticia evidente que lleva sobre su espalda una ley que no beneficiará a nadie más que a los fascistas que están asolando Europa y que nosotros sabemos perfectamente que no son nuestros amigos. Con esta enmienda estamos dándole la espalda no sólo al pueblo español, que tiene un gobierno democrático como el nuestro y merece nuestra ayuda, sino que le estamos dando la espalda a los principios que todos juramos defender desde que...

A la una y media de la tarde, el capitán del barco Serafín Santa María Ruiz, recibió otro telegrama: "Ley de Neutralidad aprobarse cualquier minuto congresista John haciendo tiempo treinta minutos alcanzar aguas internacionales". No tenía de otra, ordenó que abordaran sin importar la carga que se quedara en el muelle. A unos metros de distancia, tres botes de la Guardia Costera esperaban recibir la orden de detenerlos. Zarparon a la una con cuarenta y siete minutos. Un par de minutos después de que sonó el silbato de navegación, un juez federal del Tribunal de Distrito número 1 de Brooklyn ordenó detener al carguero para una última inspección. A las dos con cuarenta minutos comprobaron que todo estaba en orden y continuaron. Siete minutos más tarde cruzaron el límite de las tres millas que los separaban de aguas internacionales. Lejos del alcance de las autoridades, el capitán recibió el último telegrama trece minutos más tarde: "Ley de Neutralidad aprobada buen viaje deben comida y vino a John".

El *Mar Cantábrico* era una nave española propiedad de la Compañía Marítima del Nervión, que, por órdenes del gobierno, viajó desde el puerto de Liverpool a Nueva York para cargar la mayor cantidad de armas que la República Española recibiría en toda la guerra. El 6 de enero de 1937 se aprobaría en el Congreso la enmienda a la Ley de Neutralidad y John T. Bernard sabía que tenía que hacer lo posible para que esa nave saliera del país. Su intervención duró casi dos horas hasta que un compañero se acercó y le dijo al oído: "Ya están en aguas internacionales". Hizo una pausa breve, tomó aire, y con voz relajada terminó: "Eso es todo lo que quería decir, señor presidente, puede usted continuar".

El 13 de enero de 1937, a las cinco de la tarde, el *Mar Cantábrico* llegó al puerto de Veracruz. Jesús Otero Pesado, delegado del gobierno español, mandó colocar en el puente del buque una pancarta que decía: "Gloria a México, la España antifascista os saluda". Él era el encargado de hacer las gestiones para llevar a buen término la misión y el responsable ante el gobierno de ésta. Escribió las siguientes palabras que fueron difundidas por la radio local: "En estos momentos en que en España luchamos por la libertad y la fraternidad de los pueblos del mundo, México ha sido la única en el mundo civilizado que no ha titubeado. México ha hecho justicia al pueblo español".

Desde el malecón, al igual que muchos, Inés miraba el barco que atracaba con lentitud en el puerto.

III

Manuel recordó aquellos años cuando era niño y de forma inexplicable sintió que habían transcurrido cerca del mar. Si le preguntaran, diría que él venía de la costa y le hubieran creído. Al recordar ese tiempo, el mismo en que estuvo cerca de Inés, la sensación era más fuerte, como si para él, ella y las olas fueran lo mismo. Por eso ahora que estaba en Veracruz esperando abordar el *Mar Cantábrico*, no le pareció extraño que Gustavo le diera una hoja doblada que decía: "Lunes, siete de la tarde, en el malecón, frente al café La Parroquia. Con Cariño, Inés. M.".

Manuel vivía en la colonia Mirasoles, en una casa que compartía con Gustavo y Ricardo, propiedad del partido. Nunca había escrito una carta de amor porque la única persona a la que quería era a Inés, y a ella nunca le había escrito nada. Pero ahora era distinto, y no sólo porque habían pasado seis años, sino porque esta vez a él le tocaría decir las últimas palabras. Hasta hace unos meses no soñaba con otra cosa que no fuera decirle que la quería, que deseaba estar con ella, que la extrañaba y la había esperado. Sin embargo, todo cambió cuando supo que se embarcaba a Santander. Al recibir la confirmación de que tomarían el barco entendió que ese tiempo de prepararse fue también el de renuncia. Qué ironía, pensó, que el recuerdo de Inés le hubiera ayudado a vivir todas esas cosas y por esas mismas ahora debía decirle adiós. Le parecía que el puerto de Veracruz era una gran azotea, todo de un gris parejo. Decidió que sería más fácil si en lugar de escribir cartas se pudieran enviar barcos de papel.

Cuando Inés llegó, Manuel ya estaba ahí. Inés se acercó, se alisó el vestido y se sentó junto a él. Miró sus zapatos negros, perfectamente boleados, su pantalón oscuro y su camisa del mismo color del cielo, se fijó en su boca y recordó lo que le decía cuando eran pequeños. Más que los besos que le llegó a dar, al mirar sus labios recordó las palabras sencillas y llenas de magia que salían de ellos, los imaginó hechos sólo para hablarle de las cosas más increíbles que jamás escucharía. Le vinieron a la mente las noches en que se había acostado pensando en las luciérnagas azules, que aunque en su vida había visto una, cada vez que estaba con él no le quedaba duda de que existían. Sintió el roce de una flor delicadísima, era Manuel que tocaba su mano, y así, en silencio, le decía:

—Te extrañé tanto...

Descansó sobre él y pensó que no había lugar donde se sintiera más cómoda que en su hombro. Manuel le besó la frente, con tanto deseo y cariño, cualquiera diría que el deseo no lo era más, sino puro anhelo, y que sus labios realmente nunca la tocaron. Sintió algo húmedo y se dio cuenta de que Inés lloraba en silencio. Cerró los ojos y susurró:

—No importa —Inés continuó, pero esta vez estremeciéndose toda, como una estatua hermosísima que se cansa de serlo y lo primero que hace al cobrar vida es llorar.

—No importa —y volvió a besarla en la frente.

Atardecía, el viento llegaba en oleadas lentas y pesadas, como si algún gigante soplara con cansancio y ternura, el aliento de Dios. Ambos miraban el mar, y al verlo no hacían otra cosa que mirarse el uno al otro. Inés respiraba entre breves espasmos. En ese momento los dos estaban en aquella clase de Matemáticas, a la cual viajaron en aquel barco que los dos pudieron ver. "Este eres tú y esta soy yo".

—Maté a un hombre.

—Me contaron que le salvaste la vida a Gustavo. No debes sentirte mal, Manuel, hiciste lo correcto.

Inés pasó su mano entre el brazo de Manuel y se aferró a él con cariño, al mismo tiempo que tomó aire y cerró los ojos porque era amarga la pena al escucharlo.

Ya era tarde para ambos, pero Manuel sentía que venía de una larga noche que había durado seis años. Cuando Inés se separó y sacó una carta de su vestido holgado, que ondeaba por el viento, su corazón comenzó a latir con fuerza.

—Te esperé. ¡No sabes cuánto te quise, Manuel!, éramos todavía niños, pero yo te quise. Creía que eras el amor de mi vida, soñaba contigo de día y de noche. ¿Una niña puede querer así? Imaginé tantas cosas juntos; cuando estaba contigo sentía que en cualquier momento algo sorprendente estaba a punto de pasar, como ver una luciérnaga azul de las que tanto me..., sin embargo, no fuiste a verme después de que me fui.

—Pero Inés...

—Pasé varios días sin dormir, todos los días iba a la oficina de telégrafos para ver si habías respondido la carta que te dejé con Alejandro. Te juro que no sabía que nos íbamos a tener que mudar de forma tan abrupta a Veracruz, no pude esperarte a que llegaras de tus vacaciones en Pénjamo, pero te dejé todos mis datos en la carta. Incluso, ingenua yo, pensaba que quizá tenías un plan secreto de visitarme cualquier día. Todos los días me ponía mis mejores vestidos para estar lista cuando aparecieras. Suena ridículo si lo digo en voz alta.

—¡Inés...!

—Y yo me sentí como una tonta pensando que tal vez estabas molesto porque no te lo había dicho en persona, te juro que no pude, por más que le insistí a mi padre no logré que nos quedáramos más tiempo en Guadalajara. Pasaron los días, las semanas y los meses. ¡Por alguna razón que no entiendo no te busqué! Estaba tan triste y por alguna estúpida razón no lo hice, pero luego tú seguiste sin escribirme, ni siquiera para decirme nada, cómo estabas, si me extrañabas, ni una sola carta, ningún telegrama, con todo y que tu papá trabajaba en la oficina de telégrafos.

—Inés, yo... —Manuel intentó decir algo pero su garganta se cerraba. En su boca se había secado hasta la última gota de saliva y ahora sólo tenía un sabor extremadamente acedo.

—Y lo dejé ir, Manuel. Sé que debí buscarte, pero conforme pasó el tiempo se fue haciendo más complicado, tenía la tonta idea de que si en verdad me querías serías tú quien me escribiría y si no lo hacías era porque nunca me quisiste. ¿Qué tonta, verdad?, lo sé, pero era tan niña, sólo me quedaron ganas de esperar, después de unos años haciéndolo en vano entendí que había sido algo infantil y como tal debía quedarse. Lo nuestro, o lo que yo pensé que había sido lo nuestro, fue un episodio bellísimo de mi niñez. No, no pienses mal, acepto que incluso te guardé rencor por un tiempo, pero ahora te veo y sé que seré tu amiga para toda la vida, en mi corazón sólo guardo cariño para ti y me da una infinita tristeza que vayas a subirte a ese barco... por favor, no lo hagas.

Manuel respiraba con agitación, le faltaba el aire, estaba sobreexcitado y no podía pensar con claridad.

—Si te quedaras, podrías hacer mucho más, créemelo, no vas a cambiar nada yéndote a que te... Cómo, Manuel, cómo es que aquel niño tan tierno que eras, ahora es el joven que quiere morirse, ¿es que no te das cuenta?

Manuel siguió sin poder decir algo.

—Manuel —Inés trató de seguir, pero ahora a ella le pasaba lo mismo que a Manuel— Manuel..., tengo que decírtelo, te escribí esta carta, pero debo decírtelo mejor en persona —Inés apretó contra su vientre y estrujaba con nerviosismo el sobre que tenía entre las manos.

—Inés, basta, está bien, todo está bien, ¿entiendes?, todo está muy bien, mi Inés, tan bien amada, todo está perfectamente bien, déjalo, ¿sí?

—Por favor, nunca pienses que he hecho algo para lastimarte, las decisiones que he tomado son sólo mías y nada tienen que ver contigo. Toma.

Inés le entregó un sobre pequeño.

Manuel se esforzó en recobrar el aplomo, la miró por un momento y, respirando pausadamente, sacó también un sobre que contenía lo que había tardado toda la noche en escribir, le dio un último beso en la frente y antes de irse le dijo:

—No importa, siempre seremos amigos, ¿sí?, todo está bien.

Pero lo que ella y Dios escucharon fue: "Te quiero".

Al doblar la esquina se detuvo en la entrada de una iglesia y sentado sobre la escalera sacó la carta de Inés. Se quedó observándola con detenimiento, después de algunos minutos decidió que no la abriría. No hacía falta leer nada, sabía que ambos estaban en caminos distintos y si se habían encontrado fue sólo para despedirse. Tuvo la sensación de haberlo entendido todo al fin y dejó el sobre intacto encima de las escaleras. Al mismo tiempo se celebraba una misa en honor de los voluntarios que partirían el viernes hacia España y el eco de los rezos inundó el aire.

Es demasiado, dijeron.

Algunos caminaron dos kilómetros y se cansaron. Es
    suficiente, dijeron.

Pero algunos se pusieron de pie, una y otra vez, y
    fueron tomados por locos,

y fueron ignorados.

Algunos caminaron y caminaron y caminaron, cruza-
    ron la tierra,

cruzaron el mar, cruzaron el aire...

¿Por qué se ponen de pie? —les preguntaron—,

¿por qué caminan?

Por los niños, dijeron, y por el corazón,

y por el pan.

Porque la causa es cada latido,

cada niño que nace,

y cada pan que sale del horno...

Amén.

Inés no se movió del lugar hasta avanzada la noche, la luna llena iluminaba el cielo inmóvil sobre el mar picado. Cuando estuvo más tranquila abrió la carta de Manuel, una hoja llena de pequeños agujeros. La levantó con lentitud y vio la luz delicadísima del cielo nocturno que se colaba entre los orificios y se estremeció: "Él dibuja la luz con la luz", y la línea de sus labios se torció con ligereza, "luciérnagas azules".

Así fue el día en que Inés y Manuel se reencontraron y cada uno a su manera entendió que se iban a querer para siempre.

Inés se casó el jueves a las doce de la mañana en una pequeña capilla a la que los vecinos le decían de cariño "La casa de la mar".

IV

El *Mar Cantábrico* salió del puerto de Veracruz el viernes 19 de febrero a las seis de la mañana. A pesar de la hora, mucha gente estaba reunida en el malecón y los despedían en medio de música y aplausos. Manuel estaba en cubierta junto a sus compañeros y miraba en silencio a la multitud, con los ojos entrecerrados. Con las uñas de la mano derecha rascaba el barandal pintado de blanco. Sabía que esa era la última vez que veía a Inés, quien sin saber en dónde exactamente, estaba en medio de ese mar de gente, por lo que en realidad se miraban sin mirarse. Alguien se acercó por atrás, le tapó los ojos y le dijo en voz baja: "Adivina quién soy". Manuel se quedó sin poder moverse. Se abrazaron y sólo él supo que una lágrima se le había escapado. Su amigo, que ahora estaba más alto, le acarició la cabeza como un hermano mayor, Manuel se zafó al instante con un movimiento que sólo Alejandro percibió.

—Te lo íbamos a decir —dijo Gustavo.

—¡Pero ya no iba a ser sorpresa! —añadió Ricardo entre risas.

—¿Pensaste que los había traicionado y toda la madre, verdad? —le preguntó Alejandro, esta vez aguantando la risa—, ¡ya me contaron!

Los cuatro se abrazaron con algarabía.

—¿Dónde estuviste? —le preguntó Manuel susurrándole al oído, pues no se atrevía a decírselo enfrente de los demás—, ¿dónde estuviste, cabrón?

—Yo también los extrañé —le respondió Alejandro en voz alta, nervioso, seguro hasta hace apenas un momento de que nadie lo había extrañado más que Manuel.

Esa primera noche en alta mar nadie durmió tranquilo.

V

Al segundo día, el barco se inundó de música. Socorro Barbarena tenía 19 años y vivía en una de las casonas que daban al mar. Todos los días estuvo mirando por su ventana los preparativos de la nave. Al menos eso era lo que le decía a su padre, en realidad sólo se fijaba en Eugenio, quien había nacido en un pueblo soleado llamado Godella, ubicado en la provincia de Valencia. A la distancia, el sonido del peine que atravesaba sus cabellos se parecía al ruido que hacían las grandes cajas al subir por las poleas. Desde que Socorro decidió que se iban a conocer se enamoraron. Al último momento, supo que su destino era subir a ese barco y seguir a su novio. Era una mujer delgada y morena, y sus ojos, del color de la madera, miraban siempre con una calidez y un deseo comunes sólo en las mujeres de la costa. Se casaron en mar abierto, en una ceremonia precedida por el capitán Serafín, ayudado por el telegrafista Pedro Pérez, el encargado de redactar el acta de matrimonio. El capitán se puso el único traje que llevaba, una vez concluida la ceremonia leyó el acta a todos los presentes:

En la mar, siendo las 13 horas del día febrero de 1937, comparecen ante mí, Eugenio Llorens Caballero, natural de Godella, provincia de Valencia, de 38 años de edad, de estado civil soltero, hijo de Eugenio e Isabel, y Socorro Barbarena Palomino, natural de México, Distrito Federal, de 19 años de edad, de estado civil soltera, hija de Arcadio y Guadalupe, los cuales manifiestan desean contraer matrimonio. Preguntado Eugenio Llorens Caballero si acepta por esposa a Socorro Barbarena Palomino, contesta que SÍ. Preguntada Socorro Barbarena Palomino si acepta por esposo a Eugenio Llorens Caballero, contesta que SÍ. Preguntados si están dispuestos a cumplir y sobrellevar las obligaciones que lleva consigo el matrimonio, entre esposos y familia, contestan que SÍ. En vista de lo manifestado y en virtud del derecho que la Ley me confiere, quedan unidos en lazo matrimonial, debiendo tenérseles por esposos para todos los efectos de la Ley, a Eugenio Llorens Caballero y Socorro Barbarena Palomino.

El capitán

Una rondalla improvisada por los tripulantes comenzó a tocar canciones mexicanas y se repartieron las veintitrés botellas de brandy, la caja de puros y las galletas que llevaban a bordo. Bailaron y cantaron desenfrenados, queriendo ganar al mar en quién hacía más alboroto.

Manuel se quedó en el camarote mirando el techo, lámina pintada de blanco. Fue cerrando los ojos y al abrirlos, sólo instantes después, vio a Inés acostada a su lado, tan tranquila y como si estuviera cubierta de la luz dorada de Guadalajara. Se acomodó para verla de frente y se quedó ahí, tratando de no respirar. Inés le acarició los labios que le respondieron con pequeños besos en cada una de las yemas de sus dedos. En ese momento recordó aquella vez que llovió con delicadeza en medio del recreo, agua de sol. Se abrazaron, Manuel pudo tocar su cabello y volvió a pensar en aquellos seres imaginarios que vivían en el cielo que nunca sería el cielo de la Biblia. Mientras la besaba, lloraba, libre de tener que guardarlo tanto tiempo. A veces debía separarse para tomar aire y su aliento húmedo le hacía cosquillas a Inés, quien sonreía cada vez que Manuel hacía eso. Se besaron al vaivén de las olas, el ritmo de Dios.

VI

Alejandro miraba el mar con incredulidad, como la primera vez que llegó al puerto, como si algo no le terminara de caer en cuenta: el mar incomprensible, luego, el mar increíble. En medio de la música disfrazada de silencio que provenía de la marea, se dio cuenta de que era exactamente la que escuchaba cuando el viento atravesaba los árboles que tanto le gustaban en su casa. Y no sólo eso, también era el sonido de cuando jugaban en medio de aquel lote baldío al final de su calle. En tierra firme hay tantos árboles a simple vista, tantas calles llenas de sol, casas inconclusas y arbustos entre los que se esconden las luciérnagas, pero en el mar no ve nada. No hay amigos que se repiten en cada esquina, ni que te estén esperando en el horizonte, lote baldío al final del cielo. "Cuando entras al mar, lo único que hay es lo que ya llevas contigo", se dijo Alejandro. Y un dolor en la boca del estómago le hizo dar arcadas.

—Lo arruinaste —dijo Ricardo.

—Déjalo, no hizo nada malo —dijo Gustavo.

—¿Cómo está? —inquirió Alejandro sin atreverse a preguntar si ya lo sabían.

—¿Cómo quieres que esté? —respondió Ricardo bajando la mirada hacia el mar—, jodido y encabronado.

—¿Qué te dijo? —preguntó Alejandro con voz muy baja y la mirada perdida en el horizonte.

—No ha dicho mucho, pero lo conozco, no está enojado por eso —continuó Ricardo—, él ya sabía que no iba a poder estar con ella. De hecho, cuando fue a verla fue para despedirse. Él me lo dijo.

—¿Sí? —preguntó Alejandro.

—Se enojó porque fuiste egoísta con ella, porque al subirte al barco sabías que no ibas a regresar en mucho tiempo, incluso quizá ninguno de nosotros regresará. ¿Sabes lo que sentiría ella? —reflexionó Ricardo— .Te casas con ella y luego te vas a una guerra en otro país y ella se quedará esperándote.

—Eso sí, Ale. Poco te faltó para hacer que te siguiera, como el Llorens, pero eso no es amor —dijo Gustavo.

Los tres mantenían la mirada en el mar, como evitando verse entre sí.

—Dínoslo de una vez, Alejandro —Ricardo rompió el silencio.

—Sí, cuéntanos, cómo le hiciste, es decir, para empezar. ¿Cómo fue que encontraste a Inés en Veracruz? —insistió Gustavo.

—Ustedes no entienden absolutamente nada, pero yo la quiero, que no les quede duda —dijo Alejandro con firmeza, a lo que Gustavo respondió con un suspiro en tanto alzaba la vista.

—Si la amaras hubieras hecho lo mismo que Manuel —dijo Ricardo.

—No entienden nada —rumió Alejandro para sí mismo.

El 25 de febrero de 1939, el *Mar Cantábrico* navegaba en medio de un mar picado hacia el puerto de Santander, armas para la República.

VII

Al final del día, cuando había simulacros y su ropa quedaba oliendo a pólvora, Manuel tenía siempre el mismo sueño. Se veía a sí mismo en el patio de su casa por el que se puede decir que habían pasado todas las horas del mundo, a pesar de la oscuridad podía distinguir con esfuerzo las macetas ajadas, las cenizas de lo que alguna vez fueron helechos y flores y, en algún lugar, siempre diferente, una radio que no transmite nada más que silencio. Todo el lugar desprende el mismo olor a pólvora y tierra quemada. Asustado y con el corazón en pausa, mira hacia arriba y se da cuenta de que ya no hay más cielo, y llega la certeza aterradora de que alguien se lo ha robado. En su lugar no hay nada, entonces siente lo que sólo hasta después conocerá bien su nombre, la desesperación.

Cada quien tiene un lugar asignado en los simulacros de contacto. Alejandro, Ricardo y el cabo Cumba están a cargo del único cañón de tiro rápido que está montado a popa; a cargo de una ametralladora Hotchkiss de cinco cañones montada a babor están Giovanni y Gustavo; otra ametralladora es responsabilidad de Manuel y de Golden, el único estadounidense a bordo. Portando fusiles ametralladores Mendoza, calibre 7 mm, están el italiano Giovanni Batista, en el puente alto; en la cubierta de botes y frente a éstos, Máximo Almenar; en la cubierta de botes al lado de la escotilla 3, Guisseppe Gessich; el cabo Veiga en el puente alto y Luis valle en el castillo de proa; otra ametralladora

Hotchkiss en el entrepuente permanece a cargo del búlgaro Kovtechev y del navarro Tomás Urdiain.

Cada uno sube con tres municiones para hacer las prácticas de tiro, Alejandro y el cabo Cumba, quien siempre está de buen humor, se hacen buenos amigos. Sin embargo, lo que parece rutina para todos, cada disparo, para Manuel es una prueba. El recuerdo de aquel hombre que agoniza en el polvo lo persigue y se pregunta una y otra vez si es posible, si existe la más remota posibilidad de disparar sin odio. Nadie sabe, ni siquiera Inés, la forma en que sonrió mientras le disparaba a quemarropa al Camisa Dorada.

VIII

Alejandro, como las noches anteriores, salió a tomar el aire a cubierta. El barco se deslizaba con la seguridad y lentitud de un continente, mar en tregua. El cielo y el mar parecían dos espejos puestos uno frente al otro en medio de un cuarto a oscuras. Veía las luces del interior reflejadas como estrellas falsas. Vinieron a su mente las palabras de Llorens cuando le contó cómo había conquistado a Socorro. Fue después del mediodía cuando les dejaron descansar temprano de cargar la nave. La vio a unos metros de distancia de donde termina el malecón. Lo miraba sin hacer un gesto, pero él supo que lo miraba a él y a nadie más. Se acercó y le extendió la mano, ella sacó un pañuelo y él se lo regresó manchado de grasa y aserrín, ambos rieron y se presentó: "Eugenio Llorens, para servirle a usted". Pasearon por el malecón hasta la tarde, al final de la cita, cuando le contaba acerca de unas flores que crecían en su pueblo a las cuales les decían *mirasoles* porque siempre miraban hacia el sol, él le dijo: "Eres mi novia".

Son flores moradas y con un botón amarillo lleno de polen, y siempre miran hacia donde esté el sol. De noche se ponen hacia abajo, con el conocimiento que se encuentra justo debajo de ellas. "Realmente así fue como descubrieron que la tierra gira alrededor del sol", le gustaba decir a Llorens. Alejandro disfrutaba escuchando a su amigo y al ver a tanta gente con tantas historias increíbles, contando a Cumba y, en especial, a Giovanni, pensaba que tal vez él no era más que un personaje secundario dentro de una gran historia que todavía no le era contada. Le vino a la mente Manuel, sintió la necesidad de decirle: "Manuel, yo no quería casarme con ella, lo hice porque tuve que hacerlo".

IX

"Si dejas un huevo afuera, al pie de la puerta, lo que obtienes es un huevo cocido en minutos, ¡te lo juro!", le dijo Giovanni a Manuel, cuando hablaba del verano en su pueblo, que está muy cerca de Nápoles. Giovanni Batista, marinero consumado, había viajado por lugares recónditos y conocía Oriente, desde Egipto hasta China, Irak, Siria, Palestina, India. En uno de sus últimos viajes conoció al cónsul de Italia en Shanghái, quien le regaló una licencia para portar: "Cualquier arma que a usted le venga en gana", decía Giovanni orgulloso.

—¿Sabes cómo supe que era el cónsul de Italia y, además, venía del mismo pueblito que yo? —le preguntó Giovanni.

—¿Por lo bronceado?

—¡Buena, Manuel! —sonrió Giovanni.

—¡Ja!

Manuel se acercó aún más para poner atención a su nuevo amigo.

—Porque al referirse a la mar hablaba como de una mujer, de una madre. Así hablamos todos los de mi pueblo, porque nosotros amamos a la mar como a nuestra madre —dijo a Gustavo con voz seductora.

—¿En serio?

—Entonces, le dije: "¡*Paisano, usted también es de tal pueblito cerca de Nápoles!*", y venga, fui recibido como un rey y el capitán de mi barco no se la creía.

Giovanni nunca decía cómo se llamaba su pueblo, era un secreto del que se sentía responsable. Desde que conoció al cónsul cargaba siempre una pistola que tenía un mango hecho de marfil tallado. Pero no en el *Mar Cantábrico*, en donde, por órdenes del Comité que lo gobernaba, estaba prohibido llevar armas personales a riesgo de ser considerado un traidor. Tuvieron que publicar la orden dos veces y dar tiempo de gracia para que Giovanni se decidiera a entregar su arma.

—*Qualsiasi arma che lo richiedano, capisci?* —y le enseñó el papel que tenía doblado en la bolsa trasera del pantalón.

—¡Es verdad!

Y Manuel imaginó todo tipo de cosas.

—¡Exacto! Podría llevar una metralleta o una bomba, o un torpedo si quisiera, ¿ves? Pero ahora no puedo por lo del Comité —y disfrazaba en silencio las groserías que acompañarían a la palabra "Comité".

—Te voy a contar la cosa más extraña y hermosa que me ha pasado en toda mi triste vida, y luego tú me dirás qué cosa no es cierta —le dijo Giovanni al oído. Y le contó aquella vez cuando su barco se quedó varado por días en medio del mar de Sicilia—. Era verano y si ponías un huevo en la cubierta tenías un huevo frito en minutos —le decía y bufaba como si tuviera calor—: buuufffff. Yo pedí permiso para irme en bote hasta la isla, que no estaba a más de veinte kilómetros. Como el capitán era mi cuñado y sabía que mi hermana me adora más que a nuestro padre, me dio permiso. Cuando estaba a menos de un kilómetro de llegar a la playa, una corriente me fue llevando hacia el sur, cada vez acercándome más pero siempre hacia el sur. Hasta que mi bote chocó contra un banco de piedras y yo lo tuve que dejar y subirme. Al menos, a descansar en lo que me atrevía a ponerme a nadar hasta la playa. ¡Pero qué calor hacía!, ¡bufff! —bufaba, como si hiciera calor—. Entonces la vi, la vi, ¿sabes?, la vi, por la Virgen y por mi madre y por la madre de mi madre que ya no vive, pobrecita —bajó la voz, casi susurraba.

Manuel se inclinó todavía más, para que Giovanni le siguiera hablando al oído.

—Una sirena, ¿sabes que las sirenas también hablan italiano? —Manuel meneó la cabeza.

—Yo le dije: ¡*Principessa!*, y ella se rio enseñándome sus dientes perfectamente blancos y alineados, aunque puntiagudos, como colmillos finos y hermosos, primitivos y hermosos.

—¡Ja!

—Estaba bellísima, preciosísima con todo respeto. Hablamos por horas, le conté toda mi vida, desde que era sólo un *bambino* hasta que comenzó a ponerse el sol. Para entonces, yo ya me había ganado su confianza y ella acariciaba mi mano haciendo círculos con la punta de sus dedos. Cuando me tocaba, sabía que realmente me estaba besando: sentía un calor, pero un calor hermoso por todo el cuerpo. Ya estaba enamorado y ella antes de despedirse me dijo que me quería. Que me quería, ¿sabes?, que me quería y que estaba enamorada también de mí. Le dije que tenía una hermana, a mi madre y a la madre de mi madre que todavía no se moría, pobrecita. Y me dijo que no me preocupara, que me esperaría, y cuando estuviera listo para estar con ella no tendría más que arrojarme a la mar, a cualquier mar, *capisci?*

—Oh, Dios...

—Ella va a venir a buscarme, Manolito, sólo tengo que arrojarme y listo. Además, habría que agregar otra cosa.

—¿Qué cosa?

—Ella dijo que el primer lugar que conocería sería el lugar más bonito de la mar, el más bonito de toda la mar, un lugar en donde la mar brilla por las noches. No puedo decirte dónde es, pero me dijo que me llevaría.

Manuel se puso a imaginar entonces luciérnagas marinas, acuáticas y azules, pintando de luz el mar de noche.

—Ahora dime qué cosa me he inventado.

—Lo de la sirena, supongo —respondió Manuel decepcionado.

—No, que mi hermana me adora más que a mi padre, esa loca si pudiera matarme lo haría sin pensárselo, así que no me fui con permiso del capitán, sólo deserté, no aguantaba un minuto más con tanto calor sin poder salir de la nave.

—Las sirenas son igual que los dioses, inmortales —fue lo último que le dijo Giovanni. En el barco le decían "el Batista", y todos sabían sus historias excepto ésta, que era sólo para Manuel.

X

La mayor parte del día estaban ocupados. Cuando había descansos salían a cubierta. A Manuel le gustaba recargarse en el barandal y mirar el mar, patio de recreo. Le recordaba a su escuela cuando jugaban policías y ladrones. Los ladrones debían cruzar hasta el otro extremo del patio y los policías debían impedirlo. Si un policía atrapaba a un ladrón, éste se debía quedar en la cárcel hasta que acabara el juego. Si al menos un ladrón lograba llegar sin ser atrapado, a los policías les tocaba jugar el rol de ladrones y a los ladrones, el de policías. La guerra le parecía un mal juego provocado por hombres que habían olvidado que su casa estaba en alguna calle de alguna colonia de algún país, en algún continente en el mundo, el mismo que compartían con otros hombres y con Dios.

A unos metros estaban Socorro y Llorens. A Manuel le agradaba Socorro y su historia. Un mediodía engañó a su padre y fue directo al muelle del *Mar Cantábrico*. Ahí estaba Llorens, a quien había estado observando por días. Se escabulló del trabajo y se dirigió a ella. Estaba lleno de grasa y aserrín, y cuando Socorro vio que se le acercaba le aventó su pañuelo a la cara. Llorens tomó el pañuelo y se limpió avergonzado. Cuando se lo regresó le dijo: "Te lo regalo", y se quedó sin poder hablar, temblando frente a ella. A Socorro, él le pareció encantador. "Me llamo Socorro, ¿quieres pasear conmigo? Caminaron por el malecón, al cabo de unos minutos él volvió a dirigirse a ella, esta vez con la voz de un niño asustado: "Soy Llorens".

Caminaron hasta la tarde, al final de la cita, cuando él le estaba contando acerca de unas flores que crecían en su pueblo a las que les decían *mirasoles* porque siempre miraban hacia el sol, ella lo tomó de la mano: "*¿Quieres ser mi novio?*".

Ahora los veía y le daba risa que Socorro no dejaba que la besara en público. Llorens sólo podía darle pequeños besos en la mejilla cuando ella movía la cabeza de un lado a otro, dos personas que se quieren. En uno de esos intentos a ella se le cayó un arete al mar y Manuel pensó en todas esas cosas que Dios tendría escondidas allá abajo. Se acordó de aquel lugar donde la marea brilla de noche como si se hubieran ahogado las estrellas y el estómago comenzó a dolerle. Pensó en lo último que le dijo Inés y que escuchó como se escucha el silencio: "Quédate conmigo".

XI

El sonido de la alarma fue el grito de una mujer desesperada, un aullido terrible, la orquesta de la muerte. La luz roja inundó los pasillos e irrumpió el estruendo de la metralla al morder la cubierta. Una ráfaga constante impidió a cualquiera subir y tomar posiciones. La orden fue: "Tomen armas y resistan, que nadie salga". Se escuchó el primer impacto de los cañones, fue como si el barco chocara contra un muro de piedra. Las paredes de los pasillos se desacomodaron, las puertas se torcieron, las luces se apagaron. El humo comenzó a meterse por las esquinas abiertas y la orden fue: "Resistan". "Resisto", respondió Manuel. Llegó un momento de calma, unos segundos de tregua. "Tal vez estén recargando", pensó Alejandro. De repente, se escuchó la voz metálica del enemigo exigiendo deponer las armas. "Resistan", resonó de nuevo la voz del delegado del gobierno, autoridad suprema en el barco. "Resistimos", respondieron todos. Se escuchó de nuevo el sonido de la metralla, una lluvia rabiosa cargada de odio. Otro impacto, luego otro, y el fuego comenzó a meterse por las esquinas y las paredes rotas. Adentro todo era confusión y con cada impacto se producía un estertor que sacudía el barco entero y desorientaba a los tripulantes, los hacía caer o azotarse contra lo primero que topaban. Alejandro trató de salir a cubierta por la única puerta que estaba protegida de la metralla cuando otro disparo de cañón impactó el centro de mando lanzándolo contra el barandal. Chispas y trozos de metal salpicaron por doquier y la lluvia mortal amenazaba con tocarlo. Manuel lo miró, tendido e inválido, y en medio de tanta confusión fue imposible distinguir una ligerísima mueca que tal vez podía ser el inicio de una sonrisa. Gustavo reaccionó instantes después y despertó de un grito a Manuel, ambos salieron a toda prisa y cargaron el cuerpo inconsciente de su amigo. Todo era confusión y desorden, un incendio pavoroso que se propagaba. Ya a salvo, Manuel miró de nuevo a Alejandro, tendido, sin decir nada.

Cuando comenzó el abordaje ya no hubo resistencia. Los soldados del destructor *Canarias* buscaron directamente al delegado cuando se escuchó un disparo en su camarote. El eco del mismo recorrió los pasillos maltrechos, anunciando a todos la última orden que juraron obedecer: quemar el barco y hundirse con él, antes que dejarlo en manos de los fascistas. El sacrificio del delegado, el acuerdo jurado, no pudo completarse porque los invasores actuaron con rapidez, desarmando a la tripulación antes de que lograra su cometido. El *Mar Cantábrico* y su carga habían sido capturados.

CAPÍTULO 2

I

1937. Al otro lado del mar, Neruda escribía: "venían por el cielo a matar niños, / y por las calles la sangre de los niños / corría simplemente, como sangre de niños". Picasso, horrorizado, pintaba el *Guernica*. México fue el único país del mundo que se atrevió a tender una mano a la República Española.

Manuel Zavala tenía 20 años.

II

Fueron encerrados en el *Contramaestre Casado*, un antiguo transporte de la marina y ahora prisión flotante. A Manuel le daba sueño el vaivén de su cárcel, cuando lo confesó a Alejandro y a su otro compañero de celda se echaron a reír. En los ratos en que se quedaba dormido, Manuel a veces soñaba con su nuevo amigo Giovanni. Fue el último que resistió en el buque y fue fusilado mientras intentaba prenderle fuego a una bodega. Lo arrojaron al mar como a un pez incomible al que regresan de donde vino, como la cosa más natural del mundo. Así aventaron su cuerpo cubierto de sangre. Le decían el *Batista* y a todos fascinaba con sus historias, que conocían bien, salvo una, la más íntima e importante, que había compartido sólo con Manuel.

Una sirena prometió llevarlo al mar donde serían inmortales.

III

El Arsenal Militar es un antiguo muelle construido de granito. Está en Ferrol, un pueblo de mar ubicado en Galicia donde nació Francisco Franco, líder de la rebelión española. El *Contramaestre Casado* estaba encallado en el Arsenal Militar y el juicio comenzó al día siguiente de la llegada de los nuevos prisioneros. Ese mismo día se planeó fusilarlos. De todas partes de España y del mundo llegaron cartas que pedían clemencia. Unas eran escuchadas y otras no, como la de Oliveira Salazar. Oliveira era dictador de Portugal y fue él mismo quien dio aviso al destructor *Canarias* de que el *Mar Cantábrico* había pasado frente a sus costas, en específico, frente al paisaje de una de sus casas de descanso. Oliveira caminaba con un vaso de jugo de naranja a las nueve de la mañana, él era un experto en naves. *Canarias* era la nave de guerra más grande de los rebeldes, tenía más de treinta cañones y cincuenta ametralladoras y no tenía rival español en todo el mar del norte. Pero cuando Oliveira supo que los iban a matar, él mismo se indignó. Sentado en su oficina escribió una carta a Franco, se persignó después de acabarla y dijo para sí mismo: "He vuelto a pecar". Franco desde luego lo ignoró. Conocer este hecho impactó a Manuel y concluyó que los dictadores no tienen amigos.

Ferrol era un pueblo lleno de silencio, justo como se imaginó que sería un pueblo gobernado por un dictador. Sólo se escuchaba el sonido ahogado de los disparos, aunque la guerra se libraba lejos de ahí. Después de los jueces, el escuadrón de fusilamiento era el que más trabajo tenía. Mientras eran transportados a la cárcel flotante, se dio cuenta de que las calles apestaban y recordó al hombre que se desangraba entre la tierra, el olor de la muerte.

IV

Su compañero de celda también se llamaba Manuel, lo cual le divirtió. Era tres años mayor que él y Gustavo. Se volvieron amigos el día en que se conocieron. La convivencia era armónica, pero ese estado de ánimo lleno de paz apenas era compartido por Gustavo.

—¡Me he salvado de muchas, tío! —dijo el otro Manuel.

—¿Cómo de cuáles? —preguntó.

—¡Cuando tenía ocho me tragué una moneda de cinco centavos y mi papaiño tuvo que llevarme con el doctor de la ciudad para que me la sacara!

—¿De cuál más?

—A los doce me caí en un río y mi papaiño no tuvo de otra que tirarse al río con todo y camisa. Por poco no la cuento.

—Ya.

—Luego, unos meses después de aprobar mi examen como oficial me dio una fiebre espantosa y estuve dos meses en cama. ¡Estuvo buena porque me dio tiempo de festejar mi cumpleaños con la familia y con "la Gitana"!

Manuel bajó la mirada y se hizo silencio.

—Lo siento, Manuel, en verdad —intervino Gustavo, mientras abrazaba a su amigo.

—¿Quién es tu "Gitana"? Cuéntanos.

"La Gitana" era su novia y así le decía de cariño. La conoció antes de ser oficial, cuando ella vivía frente a las oficinas donde era practicante. Desde la ventana miraba cómo ponía las sábanas a secar. Cuando por fin se decidió a hablarle, lo primero que le dijo fue: "*¡No se te vayan a enredar las pestañas en los cables de luz!*", a lo que ella respondió: "Disculpa, me llaman".

—Cuando vi cómo se enojaba y se ponía toda roja me dije: "¡Le gustó!" —en ese momento, el rostro de Manuel recobró vida.

—Su familia no cree en el noviazgo, así que vamos a esperar a que ella cumpla 21 para casarnos. ¿Les digo un secreto? Siempre supe que a mi hermano Fito le gustaba también y si no me equivoco podría jurar que a ella tampoco se le hace feo. Claro, se parece a mí. ¡Mira qué guapo que soy yo!

Sus palabras parecían llevarse bien con el vaivén de la marea, prisión en el mar.

—Si me matan, que es lo más probable porque a estos jueces lo único que les importa es matarnos a todos, me gustaría que ella fuera feliz con alguien más, en verdad, se los juro —dijo bajando la voz—. En verdad es muy joven y la amo, y creo que todavía puede ser feliz. Claro, si fuera con el Fito o con mi otro hermano no me molestaría —rompió a reír—, ¡que son guapos a morir mis hermanos!

Por momentos, la risa volvió a inundar los pasillos desolados de la cárcel.

—Gustavo y Manuel se quedaron mirando a través de los barrotes de la celda. La luz, del color de la miel, inundaba el pasillo.

V

"Hagan lo que hagan no pidan perdón —indicó Manuel un día que hablaron sobre cómo sería el juicio que les esperaba—. Tienen pocas opciones, les pedirán que confiesen y pidan perdón, si se niegan comenzarán a torturarlos, si no confiesan los seguirán torturando hasta que se convenzan de que son inocentes... o terminen matándolos. Si confiesan y no piden perdón, los fusilarán al día siguiente y su sufrimiento habrá terminado; si confiesan y piden perdón, puede ser que los perdonen pero serán exhibidos y usados para desmoralizarnos a todos; hagan lo que hagan, por lo que más quieran, no pidan perdón, por favor, si piden perdón tal vez sobrevivan, pero muchos más seguirán muriendo y ustedes habrán contribuido y todos habremos perdido."

Manuel sintió que ese día el cielo estaba enfermo del estómago. El viento silbaba al pasar entre los barrotes y las esquinas metálicas de los corredores. El miedo que sintió lo transportó al día de su primera comunión. La hicieron los niños que estaban por cumplir ocho años. Le emocionaban la fiesta y la misa, en especial las grandes velas que todos iban a encender cuando el padre les preguntaba: "*¿Lo aceptan?*". Pero no contaba con la primera confesión, que era necesaria para recibir la hostia consagrada. "*¿A qué le tienes miedo, Manuel?*", le preguntó su madre cuando vio cómo se estaba poniendo. "El padre no te va a regañar ni le dirá a nadie lo que le digas. Sólo a Dios, para que te perdone". Entonces, a Manuel le dolió el estómago y se puso a recordar lo que acababa de pasar: la tienda cerrada para siempre, las calles llenas de luz, una botella estrellada, un sol hecho pedazos. Sabía que en realidad estaba muerta y que era su culpa, y no se imaginaba diciéndole al padre: "Maté a la señora de la tienda". Se sentía el niño más solo del mundo porque no podía confesar semejante atrocidad y así nunca iba a recibir el cuerpo de Cristo, ni a hacer la primera comunión, ni a entrar al cielo como toda su familia y sus amigos. En medio del gran salón donde los tenían esperando, se lo contó todo a Inés, a quien le contaba todos sus secretos. Juntos llegaron a una solución muy práctica: él confesaría que su pecado más grande era la mentira en lugar de lo otro, lo cual, a su vez, en verdad era una mentira por sí misma, por lo que entonces no le estaba mintiendo realmente al padre. "Dios entenderá, Él entiende todo", le dijo Inés para calmarlo.

Pero ahora todo era distinto porque hacía lo que creía correcto. "No pediré perdón", le aseguró Manuel a su amigo antes de ser escoltado junto a Gustavo hacia tierra firme en el Arsenal Militar. Ahí se llevaría a cabo el juicio de todos los extranjeros que tripulaban el *Mar Cantábrico*. "No lo olviden", les advirtió el otro Manuel a sus dos amigos.

Manuel supo que iba a extrañar a su nuevo amigo y al dulce vaivén de la prisión que flotaba.

VI

Volvieron a encontrarse cuando llegaron a la nueva celda sobre el muelle. Alejandro había estado encerrado con Ricardo y se le ocurrió una idea: una última oportunidad para salvarse.

—Diremos que sólo queríamos llegar a España para conseguir trabajo, todos nosotros, y José Otero nos pidió a cambio que le ayudáramos con el trabajo pesado dentro del barco, cargar cajas, limpiar pasillos, ayudar en lo que sea.

—¡Pero eso es mentira y significa ser cobardes! —le replicó Manuel, exaltado.

—Cobardes o no, ¿qué importa? Lo importante es sobrevivir a ésta. Si nos matan, se acabó, y no podremos hacer nada. Ningún muerto pelea en ninguna guerra —respondió Alejandro, que preveía una respuesta parecida.

—Es verdad. Además, por eso se mató José, para darnos la oportunidad de inventar lo que queramos —dijo Ricardo.

—Si sobrevivimos queda mucho por hacer, si nos matan no habremos ayudado a nadie. Recuerda lo que dijo el profesor: "Sirve más un mudo que un mártir" —afirmó Gustavo.

—Pero con una condición —dijo Manuel.

—¿Cuál? —preguntó Alejandro.

—Pase lo que pase, aunque prometan dejarnos libres, nunca pediremos perdón, porque no se puede pedir perdón por hacer lo correcto y eso es justo lo que hicimos.

El Consejo de Guerra se celebró a las diez de la mañana en un salón cercano a la capilla. Todos dijeron lo mismo en un último intento por salvarse, pero el fiscal tenía otros planes, no iba a ceder a la primera.

VII

Manuel salió al escuchar la voz del soldado que lo llamaba. Cuando Alejandro entró, se acostó mirando a la pared. Sus dos amigos se sentaron a su lado y lo abrazaron. Una lágrima escurrió por las mejillas de Ricardo.

Alejandro temblaba de frío y se abrazaba a sí mismo. No decía nada, sólo intentaba respirar. Estaba mojado de pies a cabeza y un hilo de sangre escurría por la comisura de sus labios tan hinchados que parecían reventar. Se quedó dormido mientras Gustavo intentaba limpiarlo con su camisa.

Los diez días siguientes al juicio fueron torturados uno por uno a fin de que se declararan culpables. Les prometían que serían indultados si confesaban, pues entonces pedirían el perdón del fiscal. Sin embargo, ninguno cedió.

Por las noches, alguno decía: "¿Resisten?", los demás respondían: "Resistimos".

VIII

Los días transcurrieron en esa celda sumergida en el silencio. Apenas hablaban unos minutos y se callaban, extenuados por las jornadas de interrogatorio. Un día, Manuel regresó con la mano destrozada y lloró, agazapado, en el rincón de su litera. La sangre y la carne asomaban sobre la piel rota. Al verlo, Alejandro tragó aire para aguantarse las ganas de llorar también, y lo único que pudo hacer fue acercarse, lentamente, y darle un beso en la mejilla. Se quedó toda la tarde junto a él. A mitad de la noche, cuando el dolor y la fiebre le habían entumido medio cuerpo, despertó, miró a su amigo y volvió a aquel día en que regresó de Pénjamo.

Me estabas esperando, Alejandro, lívido, en la puerta de mi casa. Cuando vi tu cara me empezó a doler el estómago. Te quedaste así, frente a mí, callado. No supe bien si tenías espanto o vergüenza, sólo sé que tartamudeaste un poco cuando me dijiste: "M..., Manuel..., Inés...". Cuando lo dijiste me sentí tan pequeño y, de repente, tan solo. Sobre mi cabeza sentí de golpe la altura del cielo, qué lejos está de nosotros, parece que podemos tocarlo, sin embargo, está lejísimos. Cuánta distancia entre el cielo y nuestros hombros, entre las nubes y nosotros, cuánto espacio vacío, cuánto frío. Sentí el vértigo de saberme así, en un instante, realmente diminuto frente a un cielo indiferente. Con un hilo de voz, dijiste apenas, "Inés, Inés se fue".

Me eché a correr a su casa, ¿recuerdas? Sentía en mi pecho un montón de piedras sueltas. Corrí lo más rápido que pude, no sé qué tanta gente me ha de haber visto corriendo como un loco. Cuando llegué, ya no estaba. Qué le hubiera costado decírmelo antes, no entendía. Me tiré ahí, recargado contra la puerta. No entendía nada, maldita sea.

Cuando desperté estabas a mi lado, en silencio. Dejaste tu mano en mi hombro, te quedaste callado, pero qué ibas a decir, con tu sola compañía me bastaba. Me seguiste a casa. Recuerdo que hacía viento y estaba nublado, las calles parecían azules. Cuando nos despedimos intentaste sonreír pero todo quedó en una mueca. No te di las gracias entonces, y ahora lo entiendo todo.

—*¿Cómo pudiste?, lo he pensado mucho, ¿cómo te atreviste a hacerme eso?, éramos tan sólo unos niño*s pero sabías cuánto la quería. Siempre supiste dónde vivía Inés, me viste sufrir y nunca dijiste nada.

—Manuel, en serio, no sé cómo...

—Tantos años y nunca dijiste ni una puta palabra, me escondiste su carta. Sabías, tú más que nadie, cuánto la extrañé, ¡viví pensando en ella!

—Manuel, no...

—Sin embargo, estás aquí conmigo. ¿Nunca te interesó realmente la misión, verdad? Los ideales que juramos defender. Nos engañaste a todos, Alejandro.

—Sí, Manuel, si quieres verlo así está bien, pero al final vine.

—Lo sé, Alejandro, lo sé desde que te vi después de tanto tiempo en el barco.

—*¿Sí?*, y entonces por qué...

—Sin embargo, decidiste acompañarnos, aun cuando no creías en lo mismo que nosotros, y más aún cuando dejaste a...

—Manuel...

—Sí, me enteré, te casaste con ella antes de venir; sin embargo, estás aquí conmigo, con nosotros, en este pinche momento...

—Nunca los iba a dejar solos, Ma...

—Lo sé y te entiendo, ahora me doy cuenta de que la querías y sé cuánto la sigues queriendo. Lo sé porque yo la quiero igual que tú. Pensar en ella me ayudó a superar muchas pruebas, viví en parte gracias a ella, pero en cambio tú, en parte también, vas a morirte por ella.

—Manuel, qué...

—Así es, si no hubieras estado con ella, que resultó que vivía en el mismo puerto de donde zarpamos, no te hubieras enterado del *Mar Cantábrico* y no hubieras podido decidir honrar tu palabra y acompañarnos. Ojalá hayas disfrutado tus días con ella porque ahora...

—Manuel tosió adolorido por el esfuerzo de una risa entrecortada— todo es tan triste, Alejandro, por un momento me alegré de que estuvieras aquí sólo porque tú también vas a morirte, perdóname, mira en dónde acabamos —la risa fue mezclándose con lágrimas—, perdóname, amigo —Manuel se quedó dormido o tal vez se desmayó por el dolor que regresaba, Alejandro lo miró largamente antes de intentar dormir también, a su lado.

Después de un rato, Alejandro despertó, decidido.

—Manuel, si sirve de algo, Inés no me quiere, nunca lo hizo —siempre la quise, soy culpable de eso, perdóname, estuve perdidamente enamorado de ella a tus espaldas, estaba tan enamorado, no podía controlarlo. Luego hice lo de la carta y sigo sin entender cómo carajo me atreví a hacerlo, traicioné todo lo que hay de valor en esta vida, no tengo palabras para pedir que me perdones, lo supe justo después de verte llegar, quedé simplemente aplastado por la culpa y fue tan dura que la sola idea de confesártelo me hacía temblar.

Manuel recobró un poco de fuerzas.

—*¿Y qué ha cambiado?*

—No quiero que te quedes con una idea de Inés que no le corresponde ni ella ni a ti. Las cosas no fueron como piensas.

—Está bien, Ale...

—Después de lo que hice con la carta nunca volví a buscarla. Me prometí a mí mismo que si bien no iba a ser capaz de enmendar mi error contigo, al menos siempre iba a estar a tu lado.

—Sí.

—Cuando me fui y los dejé en Tampico fue porque supe que necesitaba encontrar algo más de lo que ese lugar podía ofrecernos. Me inspiró enormemente aquello que nos contaron de César Augusto Sandino, que estuvo viviendo a tres casas de donde dormíamos. Me enteré de que varios camaradas se estaban reuniendo en Cuba para recibir entrenamiento, y me fui para allá. Sin embargo, no pude llegar y me quedé en Veracruz, donde tuve que conseguir trabajo.

—Alejandro...

—No creí que ahí seguía viviendo Inés, te lo juro, hasta que, de la nada, nos cruzamos un día de carnaval. Fue tan maravilloso encontrármela sin quererlo. Platicamos largo y tendido, nos pusimos al corriente, ella preguntó muchísimo por ti.

—Basta, Alejandro, por favor.

—También me puso al corriente de su vida, meses atrás había conocido a alguien que se llama o se llamaba Mássimo, era de Italia y trabajaba de planta en el puerto para la Compañía Transatlántica del Norte. Fue como amor a primera vista y comenzaron a salir. Pero tú sabes cómo es su familia, no iban a permitir que Inés anduviera con un simple herrero, que aparte de ser inmigrante le llevaba más de un par de años. A Inés no le importó eso, ella sencillamente lo quiso. Lo quiso de una forma que tan sólo escucharla hablar de él me conmovía y hacía que me esforzara para no soltar una lágrima sin querer.

—Ya cállate.

—Tal vez piensas que me moría de la envidia, pero te equivocas, Manuel, tuve el mejor entrenamiento cuando éramos niños. Dos meses antes de que nos embarcamos ella supo que estaba embarazada. Platicaron, discutieron, ella sacó más temple que el mismo director Francisco cuando era general del ejército villista, ¿lo recuerdas? Al final planearon fugarse al pueblito de Mássimo donde se casarían. Fueron semanas muy extrañas, ella estaba como bajo un estado de exaltación constante, iba y venía, compraba y traía todo tipo de cosas para el viaje. Yo se las guardaba en el cuarto donde vivía. Algo no me olía bien pero no pude decírselo, para qué, yo sólo me limitaba a acompañarla y serle de utilidad lo más posible. Una semana antes de que llegaran tú y los demás, Mássimo sencillamente desapareció. Lo buscamos, pedí ayuda a los camaradas y estuvimos buscando en cada maldito barco y rincón del puerto, pero nada, ninguna señal. Me partió el corazón el tener que decírselo, así sin más: Mássimo no está.

—Ay, Alejandro.

—Todavía recuerdo cuando le di la noticia después de todos los intentos por hallarlo, nos quedamos de ver en una banquita del malecón cerca del gran café. Inés es una mujer extraordinaria, no te imaginas. ¿Sabes qué fue lo que dijo?

—¿Qué?

"Carajo", eso fue todo lo que dijo. Tragó saliva luego de que le dije que no hubo señales de Mássimo en toda la ciudad, y sólo dijo eso, "carajo". Se levantó, se alisó el vestido, se recogió el cabello en una coleta y se volvió a sentar. Estuvimos así en silencio un rato. La amargura que sentí subirme por la garganta me impidió voltear y verla a los ojos, pero la miré de reojo. Alcancé a ver su boca abierta, jalando aire, llorando sin hacer ruido. Nunca vi llorar a nadie así, con tanta dignidad, con tanta gallardía. Yo me aguanté las ganas y puse mis ojos en el horizonte. Después me dijo, te vas a tener que comer toda la comida enlatada que compré, ¡y sin contar los chiles secos! Y se echó a reír. Lloré esa noche en mi cuarto. Deberías haberla visto hablar así. Un espectáculo.

—No...

—Pero yo la conocía, nuestra amiga en ese momento se sentía desolada. Manuel, hice lo único que pude hacer, y fue lo que chingada madre nos prometimos hace tantos años, ¿recuerdas? ¡Estar ahí, siempre estar ahí sin importar! ¡Eso es todo lo que he hecho siempre, carajo, siempre estar ahí sin importar!

—¡Basta!

—Y eso fue lo que hice, Manuel, nada más que eso. Ella sabía para entonces que me iba a embarcar con ustedes en el *Mar*

Cantábrico y que, como dijo, nos íbamos para no volver jamás. Así que simplemente serví en su plan y les dijo a sus padres que estaba perdidamente enamorada de mí desde hace años y que se iba a casar conmigo les gustara a ellos o no. Así lo hicimos. Porque, Manuel, los amigos no nos pertenecen, no somos dueños de nadie, pero nosotros sí que le pertenecemos a ellos, y pese a nuestras fallas y a nuestros pecados, nuestro corazón es suyo. Desde pequeño soñé con el día en que me casara, soñaba que lo hacía con Inés y después de eso, todo simplemente tomaría su lugar. El día de mi boda fue muy gracioso, si así lo quieres ver, cuando el padre dijo: "puedes besar a la novia", Inés se acercó, me besó en la mejilla y susurró: "gracias". Ese día escarmenté esa gran pendejada que te hice. La gente dice que los amigos son los que te quieren pese a todo, pero ese día, más que nunca, aprendí que los amigos son a los que tú quieres pese a todo. Aunque duela. Pequeña gran diferencia, Manuel.

 —Alejandro.

 Manuel abandonó la mirada en la oscuridad oceánica de la celda, tenía la frente empapada por el sudor helado. Pensó en lo que realmente había sucedido y el hecho de haberle fallado a Inés aquel día, después de tanto tiempo, en el que ella lo necesitaba y él pudo haberla escuchado realmente, lo hizo darse cuenta del error que había cometido y en el cual había arrastrado en parte a sus amigos. Escuchó de nuevo las palabras de Inés: *"Cómo es que el niño tan tierno que eras, ahora es el joven que quiere morirse".* Cómo es que el anhelo y el amor, indómitos, lo habían alejado al mismo tiempo de aquello que anhelaba, y no sólo a él, con Inés, sino también a él y a la mayoría de los que estuvieron en el barco con la causa que con tantas ansias buscaron defender. Volvió a ver a sus adentros el cartel enorme que colgaba de la proa del *Mar Cantábrico* cuando llegó al puerto: "Gloria a México, la España antifascista os saluda". También recordó el eco de las palabras transmitidas por radio del delegado del gobierno, José Luis Otero: "En estos momentos en que en España luchamos por la libertad y la fraternidad de los pueblos del mundo, México ha sido la única en el mundo civilizado que no ha titubeado. México ha hecho justicia al pueblo español". ¿Cómo es que una nave de guerra que busca llegar sigilosamente a su destino comienza su viaje con tanto derroche de publicidad y algarabía? Y no sólo eso, sino también, y precisamente, los mensajes radiotelegráficos que mantuvieron el barco y el gobierno español, a cargo del Ministro de Marina, Indalecio Prieto, justo antes de llegar a su destino cuando tenían órdenes muy claras de no comunicarse por el riesgo enorme de ser interceptados y descifrados. Eso también ahora lo recordaba Manuel, él e Inés, él y la señora Catalina y el primer sol hecho pedazos, él y el hombre al que disparó a quemarropa pese a que al ver que le apuntaba había alzado las manos y se había rendido, no sólo eso, había suplicado piedad, el mismo sol hecho jirones de sangre y polvo, él y sus amigos, enamorados todos de su amistad pero también de la causa comunista, todos brigadistas voluntarios. Él y su familia de la cual acabó distanciado por la idea que se le había convertido en obsesión, él y Alejandro que estuvo a punto de ser tocado por la mano mordaz de la metralla si no hubiera sido por la voz desesperada de Gustavo, él y los responsables del barco, incluso Llorens y Socorro casándose en medio de una fiesta melancólica y sin sentido en un buque de guerra en altamar como locos que ansían entregarse. Incluso el mismo Batista y su fantasía de arrojarse en busca no del amor sino del olvido, él y el delegado que se suicidó en la soledad maravillosa y magnánima de su camarote, todos ellos llevaron en sus adentros, como una oscura enfermedad que ignoraban, el deseo del propio fracaso y de la muerte de los mártires, él y las jacarandas adulteradas por la pena más humana producto de la ilusión de morir para mejor nacer de nuevo. Eso Inés ya lo sabía pero no la dejó hablar, no la dejó hablar de eso ni de la necesidad que tenía en aquel momento y que en cierta forma pudo haberlos salvado. Y ahora la enfermedad terminaba de morderles la vida, ganaba ésta y serían fusilados.

¿Dónde están las luciérnagas azules? ¿Por qué nunca vio ninguna? Manuel lloró en silencio hasta quedarse dormido.

A las tres de la mañana del día siguiente llegó otro soldado y les dijo: "Cinco minutos". Alejandro preguntó: "*¿Resisten?*", y los demás respondieron: "Resistimos". Le llegó a la mente aquella vez en que, después de que se pelearon en el recreo y fueron castigados, hicieron un juramento. "Pase lo que pase, estemos donde estemos, siempre juntos."

IX

Fueron conducidos a una capilla. Una luz amarillenta inundaba el salón. Se negaron conversar con dos padres que llegaron a confesarlos. Por un momento estuvieron solos.

—¿A... alguna vez encontraste e... esas lu... luciérnagas azules, Ma... Manuel? —preguntó Alejandro, tratando de calmarse.

—No —respondió Manuel y lo miró con los ojos de un niño cuando está perdido. Entonces miró a sus amigos, todos juntos, sentados en la misma banca de madera a cientos de kilómetros de su ciudad llena de sol, juntos como lo prometieron.

—*¡Tantos años!* —dijo Ricardo.

—*¡Y ya está, nosotros somos!* —continuó Gustavo, y se movió hacia él. Se abrazaron, y Manuel sonrió pese a tener el cuerpo paralizado desde el brazo izquierdo hasta la mitad de la espalda, miró a Alejandro, lo único que pudo hacer fue inclinar la cabeza, darle un beso en la mejilla y decir:

—Así es.

A través de la ventana se veía la noche. Manuel pensó en su familia y le dolió el estómago. En el horizonte brilló un relámpago, una mano eléctrica que acarició las nubes, luego se escuchó un estruendo profundo y apagado, un lamento escapando del cielo, el espanto de Dios.

El 17 de abril a las siete de la mañana, el cielo parecía enfermo y el sol se había retrasado. Para esa hora ya tenía que haber amanecido. Manuel, Alejandro, Gustavo y Ricardo estaban de espaldas a un gran muro de piedra que los separaba del oleaje. Sentían la brisa que humedecía las costras de sal y sangre sobre sus mejillas y los hacía sentir bien. Alejandro percibió que todavía se escuchaban los grillos, pasó la lengua entre la comisura de los labios y probó por última vez el sabor salado de la sangre reseca. Se oyó una voz fuerte que no entendieron y Manuel vio una serie de destellos azules antes de que todo se oscureciera para siempre.

X

Dicen que en una guerra civil el hermano asesina al hermano y el amigo enfrenta al amigo, pero eso puede ocurrir en cualquier momento, todos corremos el mismo riesgo de condenar, aun sin saber, a los que más amamos. Pero eso lo sabríamos mucho después, en especial Manuel Zavala, que entonces tenía siete años y sólo estaba seguro de que su vida no correría dentro de una oficina, aunque su padre estuviera convencido de que lo recomendaría con éxito en la agencia estatal de telégrafos.

Desde pequeño le gustaba salir a caminar y llegar cubierto de tierra. Tenía cuatro amigos de toda la vida: Alejandro, Gustavo, Ricardo y yo.

Jugábamos a las escondidas en un lote baldío al final de la calle. Lo hacíamos hasta que el sol se ponía y casi siempre ganaba él. Su lugar favorito para esconderse era detrás de una serie de paredes inconclusas que sobresalían de los matorrales. Ahí se quedaba quieto como si no respirara. En ocasiones veíamos entre la hierba chispas que se encendían de repente. El recuerdo de las luciérnagas lo llevaría en lo sucesivo, sin saberlo, hasta el final de su vida.

EPÍLOGO

Me han quedado un montón de barcos de papel y alguna que otra carta, varios recuerdos y promesas que nunca voy a olvidar. Mi corazón quedará contento si logro hacer una canción de esas que se inventan de niños y que todos olvidan al día siguiente, pero que tarde o temprano recuerdas cuando menos te lo esperas. Dos o tres notas se repiten y ahí lo tienes, vives de nuevo.

Me gustaría contar qué fue de mí después de esos años turbulentos para el mundo, pero ya he dicho demasiado. Todo lo demás es la vida que yo misma elegí para mí y es sólo mía, nos pertenece a mí y a mi hijo. Estoy muy agradecida con sus familias que me ayudaron a reconstruir los momentos más importantes y, en especial, con Socorro Barbarena, la única mexicana que se salvó de ser fusilada y regresó a México el 2 de junio de 1937. A ella, que con inmensa inteligencia pudo recuperar las últimas cartas que escribieron en prisión, le debo los últimos momentos de mis queridos Manuel, Alejandro, Gustavo y Ricardo.

Mis mejores amigos de toda la vida descansan en un cementerio, a las espaldas de una capilla a las afueras de Ferrol, entre unas colinas que en primavera se cubren de verde. Desde ahí se alcanza a respirar el mar y, por la brisa, una puede adivinar que están cerca. Por la noche, cuando es verano, si pones atención, puedes ver unas chispas que se iluminan. El recuerdo de lo que pasó lo llevaré conmigo a todas partes, siempre. Y lo más importante: no guardaré silencio.

Las luciérnagas azules sí existen.

Inés Moreno Bustamante

AGRADECIMIENTOS

Esta novela está basada en las cartas que Manuel Zavala escribió a sus padres, desde que dejó su natal Guadalajara hasta que emprendió el viaje a bordo del *Mar Cantábrico* rumbo a Santander. Me las compartió Fernando Mercado Guaida, Pato, gran luchador social y amigo. Las misivas estuvieron guardadas en su archivo familiar hasta que tuvo el gran gesto de compartirlas para que pudiera hacer pública la historia de su familia. Agradezco enormemente la confianza, amistad y cariño que Pato ha tenido conmigo, y sin las que esta novela sencillamente no hubiera existido.

De la misma forma, agradezco al escritor e historiador Xosé Manuel Suárez, autor de *Armas para la República: La aventura del Mar Cantábrico*, libro histórico excepcional que fue guía indispensable para escribir esta novela.

Mil gracias a todas las personas que dedicaron su tiempo a leerla y ayudarme con sus comentarios, en este proceso que duró más de seis años. Son tantos amigos, y en especial amigas mías, que no sabría por dónde empezar. A todos ustedes, saben bien quiénes son, les agradezco con el corazón.

LAS LUCIÉRNAGAS

de Adalberto Ortiz Ávalos,
se imprimió en enero de 2021, en
Corporación de Servicios Gráficos Rojo, S.A. de C.V.
Progreso 10, Col. Centro, C.P. 56530
Ixtapaluca, Estado de México